KB128350

monster link

몬스터 링크 5 완결

초판 1쇄 인쇄일 2015년 8월 13일 | **초판 1쇄 발행일** 2015년 8월 17일

지은이 철 민 | **펴낸이** 곽중열 | **담당편집 팀장** 이범수
편집부 신연제 이윤아 김호성 김은경

펴낸곳 (주)조은세상 | 출판등록 제 2002-23호
주소 경기도 연천군 미산면 청정로 1355
TEL 편집부 02)587-2966 | FAX 02)587-2922
e-mail bukdu@comics21c.co.kr

©철민 2015
ISBN 979-11-5832-196-3 | ISBN 979-11-5832-070-6(set) | 값 8,000원

5
완결

몬스터 링크

철민詰敏 판타지 장편소설

NEO FANTASY STORY

monster link

북두
(주)좋은세상

CONTENTS

NEO FANTASY STORY

해가 지지 않는 밤 ⋯7

아이움 ⋯35

트론왕 ⋯73

쏘닉 버드 ⋯99

협정 ⋯125

재회 ⋯161

반격 ⋯201

종결식 ⋯253

에필로그 ⋯295

monster link

monster link

몬스터
링크

해가 지지 않는 밤

해가 지지 않는 밤
monster link

백색평야.

대륙 서쪽에 위치한 벨로루시를 지키는 거대한 평야.

검은숲과는 정반대로 이곳은 오로지 하얀 세상만 볼 수가 있다. 나무 한 그루 제대로 심어진 것은 없고 풀뿌리도 이곳에서는 보기가 쉽지 않다.

바닥을 멀리서 보면 하얗기 그지없으나 가까이 와보면 정작 이름과는 다르게 바닥은 하늘색이다. 하늘의 색을 비추고 있기 때문이다.

이미 사막화가 진행 된 남부의 땅이나 아주 특이하게 볼 수 있는 소금 사막과도 모습이 제법 비슷하다.

이곳이 백색평야라는 이름을 지운다면 누구나 만족할

만한 장소로 손꼽힐만한 장소가 될 수 있겠지만, 이곳을 찾는 이들은 아무도 없다.

백색평야라는 이름은 죽음의 땅.

검은숲과 마찬가지로 들어가는 것을 금지하는 땅 중 하나였기 때문이다.

벨로루시를 공격하려던 제국병력은 이곳을 넘지 못해 결국 후퇴를 하고 말았다.

검은숲과 다르게 나무를 제대로 볼 수 없어 이곳은 일단 햇빛부터가 적이 된다. 나무가 햇빛을 가려주지 않는 거다. 게다가 바닥은 물기가 차있다. 신발이 좋다면야 문제 될 게 없지만 이곳에서 몇 날 며칠을 걷게 된다면 신발에 물이 차는 걸 감수해야 한다.

그리고 제대로 휴식을 취할 만한 장소가 없다.

평야이기 때문에 몸을 숨길만한 곳도 없고 무언가 제대로 먹을 수 있는 것도 없다.

검은숲은 같은 나무에서 자란 열매를 봐도 생김새는 같지만 어떤 열매는 독을 품고 있고 어떤 열매는 독을 품지 않은 일이 번번이 있었다. 당장 물만 먹어도 그게 어떤 물인지는 먹어보지 않고는 알 수 없는.

이곳은 그런 눈속임은 없다. 하지만, 제대로 먹을 만한 음식 자체를 이 평야에서 구하는 건 쉽지 않은 일이다.

한 두 명도 아니고 군대가 이곳을 통과하는 것은 사실상 불가능에 가까웠던 일이다.

거기다 이곳은 마수들의 영역이다.

멀리서 눈에 띄는 인간들은 하루하루 마수들에게 공격을 받고 대응하는 건 오로지 마수들과 싸우는 것 말고는 없었다.

대규모 군대를 한 순간에 후퇴시키고 다시 규합하는 일은 굉장히 어렵기 때문이다. 게다가 이런 곳에서 흩어진다는 것은 사실 죽음을 자초하는 일과 크게 다를 게 없었다.

백색평야에 들어가기 전, 펜릴과 애니마는 생각 보다 자유롭게 국경을 통과할 수 있었다.

결국 이 백색평야라는 건 천연 요새가 될 수 있지만, 그만큼 벨로루시가 성장하는 데에 있어서 걸림돌이 되었다. 벨로루시 또한 이 백색평야를 뚫고 바깥으로 나온다는 건 불가능에 가까웠다.

이 땅을 넘나드는 상인이나 길잡이 들이 있기는 하지만 그들도 이 길이 익숙할 뿐이지, 생존을 장담해주지는 않았다. 게다가 소수의 인원이 아니라면 이 땅을 넘나드는 건 불가능에 가까웠다.

그렇다보니 제국 측에서도 벨로루시에 대한 국경이 거의 없다 시피 했다. 국경이 없다는 것은 도시가 없다는 거고 도시가 없다는 것은 결국 병력이 없다는 얘기다.

병력이 없다는 건 펜릴의 앞을 가로 막을 그 누구도 없다는 뜻이다.

펜릴은 생각보다 쉽게 제국 땅을 벗어났다.

물론, 전날 펜릴은 화전민 마을을 찾았다.

화전민 마을은 국가에 세금을 내지 않는다.

제국의 귀족들은 억지로 세금을 물리는 경우도 있고 모르는 척 눈을 감아주는 경우도 있다.

백색평야와 가까운 화전민 마을은 그들에게 세금을 물릴 귀족이 없었다. 땅을 개간하고 살아도 아무도 뭐라 하지 않고, 제국도 그들의 위치나 존재에 대해 알지도 못했고 큰 관심사도 없었다.

그런 화전민 마을이 몇 개나 있었다.

펜릴은 그런 화전민 마을을 또 귀신같이 찾아냈다. 사실 사람의 흔적이나 잘 닦아 놓은 길을 보면 마을의 숫자나 그런 것들이 머릿속에 훤히 그려졌다.

펜릴은 그 중 하나를 들렸다.

백색평야는 넓다.

한 번 들어가면 몇날 며칠을 있어야 할 지 모르기 때문에 큰 가방을 구입해야 했다. 그곳에 생필품은 물론, 갖가지 야영에 필요한 물건을 구입했다.

이번엔 애니마의 등에도 자신의 상체보다도 큰 가방을 짊어 져야 했다.

펜릴은 가방을 매는 것에 익숙하다.

사실 등에 무언가를 매고 다니는 것 만큼 익숙한 것도 없는 것 같다.

펜릴은 사냥꾼이다.

몸에 갖가지 무기나 물건들을 항상 넣어 놓고 다녔다.

백색평야에 다다른 펜릴은 처음엔 멋진 경치에 감탄했다.

신기하게도 지금까지 밟고 있던 땅은 갈색과 초록색을 띄었다면 딱 어느 한 선을 기준으로 넘어가면서 완전한 하얀색으로 변해버렸다.

'검은숲에 들어갔을 때와는 사뭇 다른 기분이로군.'

그곳은 죽음의 땅이다.

무엇하나 안심할 수 없는 곳.

분위기부터 그러했으니 더욱 그랬고, 게다가 혼자가 아니라는 생각에 더욱 긴장의 끈을 놓지 못했다.

하지만, 그 당시와는 다르게 현재는 조금 여유가 생긴 것 같다.

-조금이라도 빨리 들어가서 오늘 잘 곳을 찾는 게 좋을 거다.

'왜?'

-이 땅에 온 자들은 대부분 첫날 어떻게 잠을 자야 할지 고민을 한다.

'그렇게 위험한 곳이야?'

−아니, 이곳에 밤은 없다.

백야현상이라고 한다.

해가 지고 밤이 찾아 와도 밝다.

이 백색평야라는 이름이 붙은 것은 땅도 모든 것이 하얘서가 아니라 밤이 없기 때문이다.

이 백야현상은 아주 일부 지역에서만 일어나는 특색 중 하나다.

펜릴은 피식 웃었다.

'오히려 잘 됐어. 어차피 시끄럽기만 하고.'

팬텀 라지아도 그렇고 카두치도 그렇고 어차피 마수들은 밤만 되면 시끄럽게 떠들어 댄다.

밤이 찾아 오지 않는다면 이 녀석들도 조금은 조용하리라.

'게다가 크게 걱정할 것 없어.'

펜릴은 어깨를 으쓱했다.

나무가 없다고 해도 다양한 방법으로 야영을 할 수 있다.

펜릴은 숲에서 자랐다. 숲에서 야영을 할 때 반드시 나무 위에서 휴식을 취하거나 잠을 자야 된다는 건 아니다. 멋 모를 때 펜릴은 나무와 자신의 몸통을 묶어 두고 잠을 자기도 했는 데, 그건 정답이 아닌 경우가 있다.

나무를 타는 몬스터나 마수들도 엄연히 존재를 하고 그런 경우 때문에 죽을 뻔한 일은 한 두 번도 아니다.

가장 중요한 건 이 구역을 차지하고 있는 마수의 이름과 특징을 알아야 한다는 건데, 이곳에 대한 지도 한 장 없는 상태에서는 일단 이곳에 사는 마수의 얼굴을 볼 필요가 있었다.

물론, 이곳은 나무가 없기 때문에 펜릴이 선택할 수 있는 선택지는 몇 개 없다.

그래도 몇 개 번뜩이는 것들이 있다는 걸 보면 어릴 때 숲에서 야영을 해왔던 일들이 안 좋은 추억으로만 기억되지는 않았다.

씨스톤이 펜릴의 생각을 읽을 수는 없다.

펜릴이 자신만만한 태도로 나오자 그도 더 이상 말을 아끼는 듯 아무런 말도 하지 않았다.

첨벙-

신발 밑창만 살짝 적실 정도로 곳곳에 물이 차오른다.

펜릴은 성큼성큼 앞으로 나섰다.

지평선까지 쭈욱 이 하얀 땅이 계속되고 있다.

펜릴은 이 땅에서 트론의 구역을 찾아야 한다. 그리고 트론왕이 있는 곳 까지.

이 땅의 크기는 거대영지 몇 개를 합쳐 놓은 것만큼이나 넓다.

벨로루시라는 나라를 전체로 감싸고 있으니 얼마나 큰 땅인지는 안 봐도 유추 해볼 만했다.

이곳에서 콕집어 트론왕이 어디 있는지 찾아내는 건 사실 쉬운 일이 아니다.

하지만, 클리드의 지하실에 있던 자료들도 정확히 어떤 위치라고까지 언급한 건 없었다.

결국 이 넓은땅에서 펜릴이 하나부터 열 까지 모든 걸 찾아 헤맬 수밖에 없다.

"괜찮아요?"

"네."

걷는 거야 익숙하지만, 애니마는 다르다.

'마나를 전혀 사용하지 않는 군.'

그녀의 몸에는 일반인이라고는 상상할 수 없는 크기의 많은 양의 마나가 숨어 있다. 마나를 전혀 사용하지 않고 있기 때문에 몸에 잠자고 있을 뿐, 그 정도의 양은 그녀가 마법사라는 것을 가르쳐주고 있는 증거다.

힘들면 마법을 사용할 법도 한 데, 그녀는 펜릴을 잘도 쫓아왔다.

그녀를 한 번 떠 보기 위해서 펜릴은 강행군을 하기도 했다.

하지만 그녀는 잘도 쫓아왔다.

게다가 먼저 쉬자고 하면서 이 동행의 체력을 유지시켰다.

이곳에서는 딱히 쉴 곳이라는 곳이 존재하지 않았다. 뙤약볕 밑에서 바위나 나무 하나 없이 어디서 사람이 쉬겠는가.

물론, 나무 한 그루 없는 건 아니다.

아주 가끔.

뜬금 하나씩 심어져 있는 걸 보면 생명체가 아예 없는 땅이라고 할 수는 없었다.

펜릴은 백색 평야에 들어온 지 몇 시간이 지나서 마수들의 흔적을 발견했다.

방금 마수가 싸 놓은 듯한 똥이다. 똥이라는 것은 사실 사냥꾼에게 있어 굉장한 보물이다.

펜릴은 아무렇지도 않게 손가락으로 푹 찍어서 냄새를 맡았다. 독한 냄새가 풍겼지만 표정이 일그러지진 않았다. 마수를 추적할 때 항상 겪던 일이기도 했다.

'냄새가 독해. 고기를 먹는 녀석인가?'

이 땅에 먹을 게 존재한다는 얘기다. 펜릴이 준비한 음식 말고는 이곳에서 구하는 수밖에는 없다. 그래도 뭔가를 먹는 녀석이니 인간도 먹을 수 있는 음식일 확률은 아주 높다. 펜릴은 손가락을 털어내고 자리에서 일어났다.

키에에엑!

흔적을 살펴보고 있던 펜릴은 고개를 살짝 돌려 주위를 살폈다.

중급 마수인 코발류다.

샤벨 타이거와 같은 종으로 네 발 달린 마수다. 밤 뿐만 아니라 낮에도 활동을 하는 마수 중 하나다. 이 땅에 가장 잘 어울릴 만한 녀석이다.

아마 코발류가 이 흔적의 주인인 듯싶다.

코발류는 펜릴과 애니마를 보고는 낮은 울음소리를 냈다.

앞발을 쭈욱 앞으로 뻗고 털을 곤두 세우는 모습이 고양이를 연상케 했지만 결코 그 울음 소리는 고양이와 달랐다.

크워어엉-!

코발류는 그 울음소리와 함께 펜릴을 향해 달려 오기 시작했다. 거리가 순식간에 좁혀 들어온다. 눈 깜짝할 사이에 지척까지 다가오자 펜릴은 복합궁을 꺼내 들어 가볍게 시위를 튕겼다.

쉬이익!

화살이 날아가더니 코발류의 이마에 관통했다.

케헥, 깨갱!

워낙 가죽이 질긴 녀석이고 두개골이 단단하니 만큼 즉사는 하지 않은 모양이다.

하지만, 저렇게 놔두면 어차피 죽는다.

펜릴은 마체테를 꺼내어 놈의 목을 완전히 날려 버렸다.

다행이다. 코발류는 마수 중에서도 인간이 먹을 수 있는 녀석이다. 맛은 없지만 어차피 먹고 사는 문제에 맛은 그렇게 중요한 게 아니다.

뭐, 그렇다 해도 애니마가 가져온 가방에는 이럴 때를 위해 소금도 가져왔다. 소금에 살짝 구워서 먹는 다면 먹을 만한 음식이 될 것도 같았다.

펜릴은 이 자리에서 코발류를 해체하거나 하진 않았다.

코발류의 영역은 그리 넓지 못하다. 적당한 자리를 골라 그곳에서 오늘 야영을 하면 코발류는 또 다시 덤벼들 가능성이 컸다. 생각대로 코발류는 펜릴과 애니마를 발견하는 족족 달려 들었다. 조금씩 백색 평야의 깊숙한 곳으로 들어가니 점점 놈들이 달려드는 경우가 늘어났다. 펜릴은 다소 긴장감 보다는 따분함, 그리고 피곤함을 느꼈다.

"일단 야영장소부터 물색해 봐요."

이곳에 들어오기 전부터 생각해둔 방법은 있다.

군데군데 보이던 나무.

햇볕 때문에 잎도 하나 없고 가지만 앙상한 나무들이지만 나무는 양분을 먹고 자란다. 이곳 주위는 모두 물들이 가득 차있다. 양분을 먹고 자라니 만큼 그 주위는 물이 적다.

펜릴은 어렵지 않게 나무를 찾았다.

그리고 가방에서 삽을 꺼내어 나무 근처에 땅을 파냈다.

지금 이곳이 바깥이라면 해가 졌을 거다. 이곳도 해가 지긴 했지만 밤이 오지는 않았다. 당장 해가 옆에 있는 것처럼 굉장히 밝았다. 이곳에만 있다면 시간이 가는 개념을 제대로 적응하기란 쉽지 않을 것만 같았다.

펜릴이 생각해둔 방법은 땅굴이다.

인간 두 명이 들어갈 정도의 굴을 파둔다면 그 안은 일단 이 백야 현상에서 벗어날 수 있다. 굴은 어둡기 때문이다. 인간은 밝은 곳 보다 어두운곳에서 훨씬 체력을 빠르게 회복할 수 있다.

하지만, 펜릴의 생각은 반만 맞고 반은 틀렸다.

"……."

흙을 파면 팔수록 지반이 무너지고 지붕을 제대로 세울 수가 없었다.

흙에 있는 수분 때문이다.

나무가 양분을 빨아 들였다 해도 이 땅은 물이 너무 많았다.

이 나무 옆만 발에 물이 닿지 않을 정도였으니 말이다.

펜릴은 계속해서 땅을 파냈다.

그러자 잠시 후, 펜릴이 파둔 굴 안으로 물이 빠르게 차올랐다.

"빌어먹을."

－이곳은 인간이 살 수 없는 땅, 백색 평야다.

펜릴은 그 말을 뼈저리게 통감했다.

♦

펜릴과 애니마는 3일 동안 잠을 자지 못했다. 휴식도 제대로 취하지 못했다. 펜릴은 그렇다 쳐도 애니마 같은 경우는 이미 체력적으로 한계를 드러내고 있었다.

굴을 파는 것에 실패를 한 펜릴은 나무 근처에서 휴식을 취하거나 다시 잠을 자려고 했다. 땅이 축축하기는 해도 나무 근처는 양분을 빨아 들이기 때문에 제법 주변에서는 괜찮은 땅이었다.

문제는 마수들이었다. 마수들은 결코 펜릴이나 애니마를 가만 내버려두지 않았다. 두 명이 번갈아 가면서 휴식을 취하곤 했는데, 애니마는 마수를 사냥하는 방법을 모르고 펜릴을 계속해서 깨워야 했다.

10분, 20분에 한 번씩 다시 잠에서 깨어나야 한 다는 고통은 겪어 보지 않는다면 굉장히 힘든일이었다. 사냥꾼으로 단련 된 펜릴 조차도 점차 한계를 드러냈다.

ㅡ백색평야에서 인간은 너무도 나약하다. 가장 중요한 두 가지를 해결하지 못한다면 이곳에서 생존하는 건 무리다.

씨스톤의 말이 맞았다.

백색평야에 들어서면 가장 먼저 주거를 해결해야 한다.

제일 먼저 자는 곳을 해결하고 그 주변에서 먹을 것을 찾아야 한다.

이 두 가지가 완벽하게 해결되지 않는다면 주거 지역으로 합격되지 않는다.

괜찮은 곳을 찾으면 주변에 먹을 것이 없었다. 먹을 것을 찾으면 주변에 괜찮은 곳도 없었다.

펜릴은 그 일 때문에 굉장한 스트레스를 받아야 했다.

사냥꾼으로써 살아온 기지를 발휘하기는커녕, 이 죽음의 땅에서 펜릴은 너무나도 무력하다는 것을 깨달았다.

모든 것을 알 것 같은 씨스톤도 도움이 되지 못했다.

'아니지, 이 녀석은 알면서 안 가르쳐주는 걸 수도 있지.'

씨스톤과 펜릴은 협력하는 관계지만, 그렇다고 씨스톤이 100% 모든 카드를 보여주고 있는 건 아니다. 씨스톤은 펜릴이 죽지 않게 끔만 돕고 있는 것 처럼 느껴졌다.

'내가 죽을 상황은 아니라 이거로군.'

입에서 단내가 풀풀 풍겼다.

어쩌면 씨스톤은 이 상황을 즐기는 걸 지도 모른다.

아무것도 모르는 펜릴은 씨스톤의 손바닥 위에서 놀고 있을 지 누가 알겠는가.

하지만, 이러나 저러나 해답은 펜릴이 찾아나가야 한다.

투둥!

시위에서 떠나간 화살이 마수들을 공격했다.

한 마리가 아니다. 대 여섯 마리가 펜릴과 애니마를 덮쳤다.

펜릴은 다가오기 전에 화살을 정확히 여섯 발을 쏘아냈다. 그 중 세발이 빗나가고 세 발이 맞았다. 맞은 마수들은 더 이상 뛰지 못하고 즉사. 하지만, 나머지는 화살을 피하거나 혹은 펜릴의 정확한 핀 포인트가 빗나갔다.

펜릴이 신의 경지에 이른 궁수는 아니다. 사냥꾼시절 익힌 활 솜씨가 재주가 있고 재능도 있었던 편이기는 하다. 하지만, 빗나가는 화살들은 충분히 맞출 수도 있었다.

빗나간 화살은 펜릴의 현재를 반영하고 있었다.

'빌어먹을.'

펜릴은 초인이 아니다. 오르도나 바스티안 같은 기사로써 정점에 이른 자들이 아니라는 얘기다. 그런 이들은 2, 3일은 쉬지 않고도 움직일 수 있는 체력이 있다지만, 그건 펜릴과는 먼 거리의 얘기다. 링크라는 강력한 각인으로, 몬스터들의 힘을 이용하여 그들과 비슷한 혹은 그 이상의 힘을 낼 수 있다고 해도 몸 자체는 인간의 것과 크게 다르지 않다.

펜릴은 나머지는 마체테로 머리를 두 동강 냈다.

아직까지는 그럭저럭 참을 만 하다.

하지만, 오늘도 쉬지 못한다면 백색평야에 두 시체가 나뒹굴 뿐이라는 것을 깨달아야 한다.

'또……'

지독한 밤이 찾아왔다.

해는 사라졌다. 분명히 하늘은 조금은 어두룩해졌다. 다만, 여전히 밝을 뿐이다. 인간이 이곳에서 온전한 휴식을 취하는 건 불가능에 가깝다.

펜릴은 슬쩍 애니마를 바라보았다.

마나연공법을 익히고 있는 그녀는 펜릴보다 나은 상황일 수도 있다. 하지만, 표정 만큼은 숨기지 못하는 것 같다.

'힘들어 보이는 군.'

그녀는 마법사다. 단 한 번도 펜릴 앞에서 마법을 사용한 적은 없지만.

펜릴의 의심을 확신할 수 있는 이유는 씨스톤 때문이다.

-저 나이에 감당하기 힘들 정도로 많은 마나를 가지고 있다. 마법사가 아니라면 설명할 수 없다.

펜릴의 생각도 그렇다.

마법사가 아닌 이상에야 저렇게 많은 마나를 모을 필요가 있을까? 아니, 그럴 필요가 있다고 해도 마법사가 아닌 이상에야 저렇게 모을 방법도 없다.

마나는 무작정 모은다고 모아지는 게 아니다.

마나연공법으로 펜릴이 충분히 깨닫고 있는 게 아닌가.

창고를 확장시키기 위해서는 시간과 깨달음이 필요하다.

그 창고는 점점 커지기 시작하더니 나중에는 위에 창고까지 열어 젖힌다.

물론, 펜릴은 마나홀을 잃고 붉은 열매의 에너지를 심장에서 사용하고 있지만.

'마법으로 휴식을 취할 수 있는 방법이 없을까?'

-있겠지만, 지금은 마법을 사용하지 않는 걸로 봐서는 두 가지다.

'뭔데?'

-마법을 사용할 줄 모르거나, 사용하기 싫거나.

'사용할 줄 모른다는 것도 그렇고 싫다는 것도 그렇고 어쨌든 지금은 마법으로 휴식을 취할 순 없다는 거잖아.'

-그렇긴 하다. 그녀를 자세히 쳐다봐라.

펜릴은 애니마를 부담스러운 눈빛으로 바라보았다. 애니마는 그다지 신경 쓰지 않고 있지만, 펜릴의 시선을 느끼는 지 잠시 고개를 돌린다.

-마법사라는 족속들은 마법을 사용하기 위해 '매개체'를 이용하는 편이다.

'매개체?'

-마나를 증폭시켜줄 만한 마나증폭기를 가지고 있다는 거다. 예를 들어 마법사들의 마법지팡이 같은…….

그러고보니 대체로 마법사들은 지팡이를 가지고 다녔다.

─중요한 건 그 지팡이에 달려있는 증폭기의 코어다. 그 코어는 술사의 마나를 강력하게 바꿔준다. 그리고 집중력이 흐트러져도 마법을 사용할 수 있게 해주고, 어떤 것들은 일부 마법을 저장시켜주는 능력도 있다. 그런데 저 여자를 보면 그 어떤 것도 보이지 않다.

펜릴은 고개를 끄덕였다.

─물론, 사용하지 않는 마법사들도 있다. 그건 어차피 취향이니까. 하지만, 지팡이가 아니더라도 목걸이나 반지 혹은 팔찌 같은 방법으로 증폭기를 가지고 다니는 자들도 있다. 물론, 저 여자는 해당사양이 없겠지만.

펜릴 말대로 그녀는 어떤 액세서리도 하고 있지 않다.

심지어 귀골이도 없다.

그녀가 마법사인지 아닌지 의심이 가는 상황이다. 하지만, 그렇게 따지면 그녀의 몸에 있는 엄청난 마나는 설명이 불가능하다.

어릴 때부터 마나연공법을 그것도 최상급으로 들이 붓는다 하더라도 애니마처럼 모으는 건 쉽지 않을 거다.

펜릴은 이유야 어쨌든 그녀가 마법 한 번 사용해주길 바랬다.

마법으로 이 주변의 시야를 바꿔버린다거나 환경에

적응할 수 있게 만든다면 지금 보다는 조금 더 쉬울 거다.

−사용을 못하는 가정도 충분히 있을 수 있다.

'뭐?'

−제국이 이 백색평야를 넘기 위해 얼마나 많은 노력을 가했는지 생각해봐라. 제국은 이 땅을 지배하고 있는 절대자다.

'그건 그렇지.'

대륙에 있는 수 많은 천재들은 제국으로 몰려 든다. 제국은 천재들의 호황기를 맞이한다. 그런 재능있는 자들이 이 평야를 넘지 못했다.

단순히 넘어가는 것에 앞서, 신관들의 도움을 받거나 마법사들의 힘을 빌려 넘어가려고도 해봤다.

−이 땅 자체에서 엄청난 항마력을 생성해내고 있다. 그 항마력에 영향을 받은 마수들의 대부분이 항마력을 가졌다. 트론의 능력이 뭔 줄 알지 않나?

트론.

그 날개에는 하늘을 날 수 있는 능력을 갖추고, 엄청난 항마력을 가질 수 있는 힘도 있다.

하늘에 나는 트론을 떨어뜨리기 위해서는 마법의 도움을 받는 것이 가장 편한데, 항마력을 보유하고 있으니 트론이 잘 잡히지 않는 거다.

─이곳은 마나를 부정하는 땅이다. 심지어 기사들의 마나도 이곳에서 만큼은 정말 쓸모없기 짝이 없을 정도로 형편없어 진다. 물론, 한 가지 이곳에서 자유롭게 활동할 수 있는 예외가 존재한다.

'예외?'

─바로 네놈이다.

펜릴은 고개를 갸웃했다. 자신이 생각해도 굉장히 의아하기 때문이다.

─넌 마나가 없다. 마나가 없으니 이곳에서 활동하기에 최적화 된 인물이다 이거다.

그랬다. 펜릴은 마나가 없잖는가.

가지고 있는 거라곤 붉은 열매의 에너지.

이건 마나와는 분명히 다른 힘이다. 항마력과는 전혀 상관이 없다는 얘기다.

─네가 예전에 생각했던 대로 어느 정도 얼추 맞는 것도 있다. 네가 말한 5가지의 성물에는 분명히 그 순서가 존재한다. 검은숲에 갔다가 붉은 열매를 얻고 이곳으로 넘어와 트론왕의 날개를 얻고 스펙터의 목걸이를 얻는 방식인데, 넌 운이 좋아 목걸이를 먼저 얻었을 뿐이다. 물론, 그것 때문에 눈을 달 수밖에 없었지만.

펜릴은 고개를 끄덕였다.

물론, 그게 운이 좋다고는 할 수 없었다. 트론왕의 날개를 얻는다면 카두치의 눈은 굳이 달 필요가 없기 때문에.

순서가 조금 틀어졌다. 이게 어떤 작용이 되는 지 나중에 가봐야 알 것 같다.

'음……'

씨스톤의 얘기를 종합해 본다면 이곳의 마수들은 대부분이 항마력을 가지고 있고, 또 마법을 사용하기가 쉽지 않은 땅이라는 얘기다. 마찬가지로 마나를 사용하는 기사도 쉽지 않고.

이 땅에서 만큼은 펜릴은 그럼 기사나 마법사들을 상대로도 강력한 힘을 발휘할 수 있다는 결론이 나온다.

또 다른 것은 애니마. 그녀는 마법사임에도 불구하고 이곳에서 마법을 사용하기가 쉽지 않다는 얘기다.

마법을 사용한다면 사용할 수는 있을 거다. 위력이 죽은 채로. 사용하지 못하는 건 아니다. 항마력에 100%는 존재하지 않으니까.

가장 가까운 것은 아마 트론왕일 거다. 트론왕에게는 그 어떠한 마법도 통하지 않는다는 게 클리드의 자료였다.

하지만, 이곳에서 자유롭게 움직일 수 있는 펜릴이라면 가능성은 충분하다.

씨스톤과 얘기를 마쳤지만, 결론은 마법을 사용할 수 없으니 알아서 휴식자리를 찾아야 한다는 거다.

펜릴은 주위를 두리번 거렸다.

오로지 백색의 땅.

하늘이 비춰 보일 정도로 맑은 곳이지만, 이곳은 곳곳에 마수들이 득실거리는 곳이다.

'득실거린다고?'

마수가 많다는 얘기는 개체수가 많다라는 얘기다. 개체수가 많기 위해서는 안정적인 식량이 보급되어야 하고, 새끼를 많이 쳐야 한다.

그런데 이곳에 와서 펜릴은 새끼를 본 적이 없다.

마수들은 어느날 갑자기 나타나는 게 아니다. 마수도 몬스터도 결국은 생명체의 하나다. 그 생명체들은 새끼 때부터 자라나 어른으로 성장한다.

"그래!"

펜릴은 스스로 이마를 쳤다.

가능성이 있는 일이다.

결국 마수들도 어딘가에 보금자리를 마련하고 있을 거다. 인간 보다 크기가 큰 마수들의 경우 그 보금자리가 굉장히 커서 펜릴과 애니마가 쉴 수 있을 만한 공간이 나올 수도 있다.

펜릴은 생각이 끝마치자 곧바로 보금자리를 찾기 위해 마수들의 흔적을 찾아 나섰다. 마수들이 움직인 경로를 따라 돌아 다닌다면 그 끝에는 보금자리에 도달 할 수 있다는 얘기다.

과거에 펜릴은 겨울잠을 자는 곰의 동굴을 급습하여 곰을 죽이고 가죽을 뜯어내 그것을 덮어서 겨울을 보낸 경험이 있었다.

고작 하루 정도 였지만, 겨울 사냥은 추위 때문에 손과 마비는 물론, 생각 까지도 멈춰버릴 정도로 혹독하고 잔인하다.

바깥에서 하루를 견디기 위해서는 그 정도의 노력은 해야 된다는 얘기다.

"왜요?"

애니마가 펜릴의 행동을 보고 고개를 갸웃했다.

"일단 따라와요."

펜릴은 자신만한 태도로 앞장을 섰다.

마수의 흔적을 찾는 것은 펜릴의 전문분야나 다름없다.

생각대로 마수의 흔적을 찾아가자 펜릴은 보금자리들을 찾을 수 있었다.

제법 커다란 토굴이다.

입구는 크지 않지만, 인간인 펜릴과 애니마는 허리만 살짝 숙인다면 쉽게 들어갈 수 있었다.

토굴은 백야현상과 다르게 어둠이 존재했다. 또, 신기하게 이곳만큼은 물이 차지 않았다.

펜릴은 그 이유를 다른 흙의 성질이라고 생각했다.

흙이 모두 같은 것만은 아니다.

백색평야는 땅도 백색이지만, 이곳의 땅은 기존에 보아 왔던 황토색이다. 그 황토색 흙은 주변의 물기를 모조리 흡수했다.

무너지지 않을까 걱정되기도 하지만 이곳만큼 훌륭한 곳도 없다.

물론, 이곳에는 먼저 자리를 잡은 주인이 존재했다.

펜릴은 그 마수를 사냥했다.

약육강식의 세계의 일부분일 뿐이다.

힘이 강한 자에게 뺏길 수밖에 없는.

펜릴은 분명 이곳에서 만큼은 강자라고 볼 수 있다. 아니 세상 어디를 가도 펜릴은 강자다.

괜찮은 휴식처를 얻은 애니마는 먼저 곯아 떨어졌다.

3일을 제대로 쉬지 못했다. 누구라도 긴장의 끈이 풀린다면 곧바로 잠에 빠질 거다.

잠시 후 토굴 안에 그녀가 코를 고는 소리가 들렸다.

펜릴은 토굴 입구에 누가 들어오지 못하게 주변의 흙과 돌로 위장을 했다.

간단한 위장이다. 인간이라면 간파를 하기 쉬울 테지만 마수들은 쉽지 않을 거다.

펜릴은 애니마와 조금 떨어진 위치에 자리를 잡고 누웠다.

'또, 또……'

그녀의 주변에서는 굉장히 익숙한 냄새가 풍겨온다.

굉장히 그리운 그런 냄새가.

펜릴이 애니마를 바라보자, 애니마가 몸을 뒤척인다. 몸을 뒤척이던 그녀의 주머니에서 무언가가 툭 하고 떨어졌다.

파란색으로 이루어진 작은 보석이다.

그 보석은 굉장히 영롱하고 멋졌다. 그런데 사파이어와는 조금 달랐다.

─마나증폭기로군.

마나증폭기를 가지고 있다는 것은 그녀가 마법사라는 얘기다.

저 마나증폭기를 보통의 마법사들은 지팡이나 완드라는 물건에 박아서 가지고 다니는 편인데, 그게 귀찮다면 저렇게 보석 통째로 들고 다니는 사람도 있다.

그건 취향의 차이일 뿐이다.

그녀가 마법사라는 것을 알고 있었기 때문에 별 다른 것은 없었다.

펜릴은 마나증폭기를 손으로 쥐었다.

소중한 물건일 거다. 주머니에 다시 넣어 줄 생각이었다. 그런데 그 마나증폭기의 뒷면, 작은 글씨가 씌어져 있었다.

제국 문자가 아니다.

펜릴에게는 제법 익숙한 문자!

북방의 이민족들의 문자다.

'겔레시아스. 티라트.'

내 동생에게, 티라가.

라는 뜻이었다.

monster link

몬스터 링크

아이움

아이움
monster link

아이움.

북방의 이민족들은 자신들의 신을 '아이움' 이라고 불렀다.

무슨 뜻인고 하면 문자 그대로 '불사', '영원' 이다.

그들에게 있어 신은 불사의 존재고 영원히 살아가기 때문에 아이움이라고 어느 순간부터 부르기 시작했다.

이민족들은 그들만의 독특한 생각이 존재했다.

아이움은 신이지만, 인간이 올라갈 수 있는 최고의 경지라고 생각하는 거다.

그들이 생각 할 때 인간이 신이 되기 위해서는 필요한 게 단 하나다.

불사의 초.

북방의 이민족들은 과거부터 불사의 초를 인간이 얻게 되면 아이움의 경지에 도달하고, 아이움이 된다고 생각했던 거다.

어떻게 인간이 신이 될 수 있냐고 혹자들은 얘기하지만 이건 그들만의 신화이고 종교이며 전설의 하나일 뿐이다.

어찌됐든 제국은 이 단어를 정말이지 싫어 한다.

전쟁은 끝났지만 여전히 제국과 북방의 이민족들은 앙숙관계로 남아 있다.

제국에서는 북방의 이민족과 관련된 정보나 문자를 찾아보기가 쉽지가 않다. 다른 사람들의 눈초리 때문이다. 학자들을 제외하고는 그 책을 찾는 자들도 없고 파는 사람들도 거의 없다.

하지만, 아이움이라는 단어만큼은 모르는 사람이 없을 정도다.

인간은 누구나 불사를 꿈꾼다.

불사의 초는 존재 하느냐 마느냐 부터 많은 얘기가 설왕설래 하는 것도 사실이다.

사실 초미의 관심사는 불사의 초다.

불사와 관련된 것이 아니라면 사람들의 머릿속에는 아이움이라는 단어가 각인되지 않았을 거다.

그렇게 대중들에게 알려진 아이움은 불사의 초. 그리고

영원, 불사 이 정도 뿐이었다.

하지만 대륙에서도 극히 일부, 아주 소수의 인원만 알고 있는아이움은 하나 더 있었다.

♦

방 안.

거대하지도 않다. 아니, 좋게 말해서 아담하고 좋지 않게 얘기한다면 정말 볼품없기 짝이 없는 작은 방일 뿐이다.

안에 있는 내용물도 정말 검소하기 짝이 없다.

나무 책상, 그리고 의자.

손님을 맞이할 정도라고는 3명이 앉으면 어깨가 닿을 정도로 좁은 소파 하나 뿐이다.

그곳에 뒷짐을 쥐고 있는 한 여인이 있었다.

똑똑똑.

노크소리에 뒷짐을 푼 여인이 입을 열었다.

"들어와요."

끼익-

문이 살며시 열리며 남자 하나가 들어온다. 그는 여인을 향해 고개를 살짝 숙인다.

"다녀왔습니다, 티라님."

"좋아요."

여인, 아니 티라는 터벅터벅 걸어서는 소파에 앉았다.

엉덩이를 빼고 등을 눕힌 그녀는 누가 봐도 남자 보다 상급자라는 것을 알 수 있었다. 방 안에 들어온 남자는 그녀와 살짝 떨어진 위치에 섰다.

"어떻게 됐어요? 잭."

잭.

그는 티라의 오른팔이다.

나이는 30대 중반에서 후반 정도로 보인다.

"죄송합니다."

가장 먼저 고개를 숙이고 사과를 한다.

티라의 인상이 가볍게 찌푸려진다. 그녀의 얼굴은 사과 보다는 해명에 대한 요구가 절실하다. 잭은 잠시 후 다시 입을 떼었다.

"티라님께서 말씀하신 위치는 찾기가 쉽지 않았습니다."

그는 품에서 지도 한 장을 꺼냈다. 이 지도안에 작게 표시 된 동그라미. 그리고 그 동그라미까지 갈 수 있는 방법들이 적혀 있다.

잭은 강한 사람이다. 충성심도 있다. 머리까지도 좋다. 그런데 그가 쉽게 찾아갈 수 없었단다.

"하지만 근처를 돌아다니던 사냥꾼들의 도움으로 찾을 순 있었습니다. 과거에 그곳에 사람이 살긴 했는데, 지금은 모두 불에 타버린 뒤였습니다."

"집에 있던 자료는 찾기가 불가능했겠군요."

"예. 자연적인 불이 아니었습니다. 누가 의도적으로 불을 지른 것 같았습니다."

"그렇군요."

티라는 납득이 간다는 듯 고개를 끄덕였다.

잭은 천천히 입을 다시 열었다.

"불사에 대한 자료가 있는 것을 누가 알아차린 것 같습니다."

가능성이 있는 일이다.

불사의 초와 관련된 정보는 허구라고 해도 가치가 있다고 할 정도로 링커들은 필사적으로 찾고 있다.

티라는 그곳에서 모든 공부를 끝마치지 못했다. 그리고 세상 밖으로 나와야 했다. 그곳에 자료들을 보고 싶었다. 분명히 가치가 있었다. 세상밖으로 그 자료들이 유출된다면 링커들이 득달같이 달려들 거다.

잭이 조심스럽게 의견을 제시했다.

"불을 낸 자를 찾아보도록 하겠습니다. 그를 찾아낸다면 자료의 행방을 알 수 있을 겁니다."

누가 가져갔다면, 자신의 흔적을 지우기 위해 불을 질렀을 거다. 물론, 그랬을 수도 있다. 그런데, 티라는 그 자료는 그냥 공중에서 분해됐다고 생각했다.

자료는 아무도 가져가지 않았다. 집만 태웠다. 누가?

뻔했다.

'펜릴······.'

그곳을 떠나기 전 펜릴과 했던 약속들이 떠올랐다. 그리고 그 약속과 함께 아픈 기억들이 되살아났다. 라크는 펜릴에게 3년 안에 돌아오지 않는다면 집 안에 있는 모든 것들을 불태워주길 바랬다.

그가 3년을 기다렸을 지 아닌지는 잘 모르겠다.

하지만, 불에 탄 집을 생각하면 그는 떠났다. 기다리고 떠났을 지 아닐지는 모르겠지만 그는 어찌됐든 떠나고 말았다.

펜릴은 링커가 아니다. 그가 자료를 가져갔을 리도 없다. 그 자료의 가치를 알 수도 없었을 거다. 아니 알았다고 해도 까막눈인 펜릴이 알아볼 만 한 건 아무 것도 없을 거다. 결국 자료라는 건 아는 만큼 보인다.

"그럴 필요 없어요."

떠난 사람을 찾아볼 필요는 없었다.

약속을 어긴 건 티라다.

'그 약속을 기억하기는 할까.'

인간의 시간으로 하루, 이틀만 지나도 기억 속에서 희미해져간다. 어렸을 때 했던 그 약속을 지금도 기억할런지는 모르겠다. 어찌됐든 펜릴은 죽었든 살았든 지금 잘 살아가고 있을 것 같았다.

'그런 녀석이었으니까. 아빠가 마나연공법을 가르쳤으니 어딘가에서 용병이나 기사의 수련생이 되었을 지도 모르겠고.'

마나연공법 하나로 인생이 폈을 거다.

'내가 무슨 낯짝으로 찾겠어.'

티라는 조용히 한 숨을 내쉬었다.

자료를 찾으러 가는 김에 사실 펜릴이 아직도 그곳에 있었다면 사과를 하고 싶었다.

미안하다고.

약속을 어겼고, 찾아가지 못했으니. 그리고 살아 있다고 얘기하지 못했으니.

물론, 펜릴은 지금 자신이 하고 있는 일에 끼어들어서 좋을 것도 없었다. 그가 끼어든다고 끼어들 수 있는 곳도 아니었고 말이다.

이러니저러니 해도 결국 아무 것도 모르는 게 목숨을 부지하고 사람 같이 사는 데에 있어서 가장 나은 방법 일 수도 있다. 어렸을 때의 짧은 추억 때문에 빚을 남길 수도 없었고.

솔직히 그녀가 하고 있는 일은 너무나도 어려웠다.

아이움.

불사, 영원이 아닌 하나의 그룹이었다.

불사의 초를 찾기 위해 3년, 4년을 돌아 다녔다.

그 과정에서 티라는 아버지와 인연을 맺었던 사람들을 찾아가 부탁을 했고 그것이 아이움이라는 그룹으로 발전했다.

하지만 세상에는 불사의 초를 원하는 사람들은 많았고 그 과정에서 싸움이 벌어졌다.

'아빠……'

라크는 아이움의 최고의 실력자이며 최고의 링커였다.

대륙에서 인정받는 최고의 링커말이다.

하지만 라크도 결국 죽었다.

하루하루 각인된 마수들의 잠식에 고통스러워하던 나날을 보내 던 라크는 자살도 아니고 '캔슬러'의 손에 죽어버렸다.

그가 죽자 아이움도 흐지부지해졌다.

많은 링커들과 사람들이 떠났다.

구심점이 사라졌다. 그건 사람들을 묶어줄 만한 원동력이 없어졌다는 거다. 게다가 이젠 아이움의 목표도 사라졌다. 지금은 그저 복수를 위해, 캔슬러를 무너뜨리기 위해 존재하는 곳에 지나지 않을 만큼.

여러 가지로 힘이 빠지는 상황이다.

아이움에는 강력한 구심점이 필요했다.

그 역할을 지금까지는 티라가 매꾸고 있었지만, 라크를

대신하기에 그녀는 부족한 게 많았다.

라크와 같은 강자도 아니고 링커도 아니다. 이곳에 모인 대부분의 사람들은 이미 라크와 인연을 맺었던 사람들이지 티라와는 그렇게 큰 관련이 없었다.

티라는 한숨을 길게 내쉬더니 입을 열었다.

"참. 오르도가 작위를 반납했다는 소문이 있는 데 사실인가요?"

잭은 고개를 끄덕였다.

"황실에서 직접 흘러나온 얘기입니다. 신빙성이 있습니다."

"어렵게 얻은 작위를 반납하다니요."

쉽게 이해가 가지 않는 소문이다.

오르도는 평민에서 귀족으로 올라갔다. 그것 때문에 많은 평민들은 오르도를 롤 모델로 삼고 자신들도 귀족이 될 수 있다는 희망을 안겼다. 그런데 그런 자가 하루 아침에 작위를 반납해버리고 고향으로 돌아간다는 얘기가 돌고 있었다.

오르도는 단순히 평민에서 귀족이 된 자가 아니다.

제국에서 손꼽히는 강자다.

그리고 무엇보다 라크를 방해했던 인물이기도 하다.

이미 알 만한 사람들은 황제가 불사의 초를 눈독들이고 있다는 사실을 다 알고 있었다.

불사의 초를 찾는 과정에서 당연히 아이움과 캔슬러, 제국은 충돌을 할 수밖에 없는 관계다.

"어찌됐든 그 소문이 사실이라면 오르도 자작으로써는 안 된 일이겠지만, 우리에게는 천만다행이겠네요. 알게 모르게 그 남자가 신경쓰이는 일을 한 건 한 두 번이 아니니까요."

"그렇게 안심할 건 아닌 것 같습니다."

잭의 말에 티라가 고개를 갸웃했다.

"그래요?"

"황제는 분명히 불사의 초에 대한 야욕을 결코 쉽게 떨쳐내지는 못할 겁니다. 오르도는 분명히 황제의 말 잘 듣는 말에 불과했지만, 그가 물러남으로써 니브아 후작이 그 일을 전담할 가능성이 커졌습니다."

"니브아 후작이요?"

니브아 후작이 어떤 사람인가!

그는 영지도 없고 세력도 없다. 제국 내에서 입김이 강한 것도 아니다. 정치는 전혀 참여하지 않는다. 문관 보다는 무관에 가까웠다.

오로지 하는 일은 딱 하나다.

황제의 호위.

니브아 후작은 그 누구의 말도 듣지 않는다.

오로지 황제의 말만 들을 뿐이다.

문제는 그의 무위다.

대륙에서 가장 강한 자를 꼽는다면 사람들의 설왕설래가 있을 수밖에 없겠지만, 니브아 후작은 분명 그 중에 한 명으로 손꼽힐 만한 강자라는 건 누구나 알고 있는 사실이다.

오르도 자작이 평민에서 귀족이 될 때, 전쟁에서의 활약상으로만은 제국의 귀족들을 만족시키기 어려웠다. 그때 오르도 자작은 황제의 명령에 따라 니브아 후작과 대결을 펼친 적이 있는 데 당시 오르도 자작은 10수도 되지 않고 패배를 경험한 적이 있다.

헌데, 그 사건 뒤로 귀족들은 모두가 오르도 자작의 강함을 인정해야 했다.

어떤 기사나 어떤 사람이든 간에 니브아 후작과 3수 이상을 넘겨본 적이 없었다.

3수안에 적을 쓰러뜨린다 하여 삼검무적이라는 별명까지 얻었던 강자다.

겉으로 보아서는 백발이 날리는 60대 노기사지만 그의 신체나이는 10대, 20대 못지 않을 만큼 강력했다. 실제로 나이는 80대에 이르렀지만 아무도 그의 은퇴를 주장하지 못했다.

그만큼 확실한 호위 기사를 찾을 수가 없었기 때문이다.

그런데 그런 강자가 개입을 하게 된다면 오르도 자작 때보다도 더욱 어려워질 가능성이 컸다.

하필이면 여우가 나간 자리에 호랑이가 들어와 버렸다. 이제 산으로 올라가는 길이 더더욱 힘이 들 것 같았다.

티라는 한숨을 계속해서 쉬었다. 강자의 연이은 출연과 등장은 그녀로썬 부담되는 일 밖에 되지 못한다.

다만, 그게 좋지 않은 방향으로만 흘러가진 않았다.

"오르도가 작위를 반납했다는 건 한 임무를 실패를 했기 때문일 가능성이 큽니다. 그가 맡고 있던 역할을 생각한다면 아마 그것은 불사의 초와 관련이 되었을 가능성은 크고, 그 과정에서 한 남자에게 패배를 하고 굴욕적으로 목숨을 구걸하고 살아 남았답니다."

오르도가 졌다.

황제는 오르도가 지고 그 자리에 니브아 후작을 앉혔다.

니브아 후작은 황제의 임무를 수행하던 사람이 아니다.

그냥 호위 기사일 뿐이다.

그런 강자가 옆에 없어지면 호위에 구멍이 생긴다. 그만큼 황제는 불사의 초에 관심이 많고 원한다는 증거다. 그런데 니브아 후작은 머리가 그렇게 좋은 사람은 아니다. 같은 병력을 가지고 오르도 자작과 싸우라고 한다면 오르도 자작이 전쟁터에서 십중팔구는 승리를 거둘 거다. 그런데 니브아 후작을 앉힌 건 그만큼 그 자리에 무력이 강한 사람이 필요했다는 얘기다.

"그 냉혈한이 목숨을 구걸할 정도라니. 대체 그 남자가 누구죠?"

어차피 소문일 뿐이다. 오르도 자작은 죽으면 죽었지 목숨을 구걸할 자는 아니다. 소문은 날개 돋힌 듯 날아간다. 물론 그 과정에서 날개는 빨라지고 몸통은 커진다. 한 마디로 믿을 만한 소문은 아니다, 이거다.

티라는 그 남자의 정체가 궁금해졌다.

◆

"정보는 제국이 통제를 하고 있습니다. 제대로 알려진 내용은 없습니다."

"그래요?"

티라는 아쉬움에 혀로 입술을 핥았다.

오르도를 패배시켰다.

황제의 오른팔이었던 그가 일에서 손을 떼고 작위를 반납한 채 낙향했다.

그를 시기하던 귀족들은 손을 들고 환영하던 일이겠지만, 그러면 분명히 황제의 만류가 있었을 거다. 그 만류를 뿌리치고 낙향을 결정했으니 그 상대가 사뭇 궁금해졌다.

"그 정도 사람이라면 그래도 알려진 것들이 제법 있겠죠?"

"제국의 정보 통제는 한계가 있습니다. 적극적으로 나선다면 수일 내에 상대에 대한 정체를 파악할 수 있을 것으로 생각합니다. 게다가 오르도 자작을 굴욕적으로 패배를 시켰으니 알려지지 않았다고 해도 알려질 수밖에 없을 겁니다."

제국에서 무위로 따진다면 한 축을 담당했던 오르도 자작이 물러났다.

물론, 손가락 안에 드는 실력자라고 해도 오르도 자작보다 강한 자는 제국에 얼마 든지 있었지만.

황제의 총의를 받으며 문관과 무관으로써 활약하던 사람은 드물다.

검이 아무리 강해도 검보다 강한 건 펜이다.

오르도 자작은 황제를 등에 업고 나름 괜찮은 지지기반이 있었으니 이번에 그게 와르르 무너진 것과 다름 없다.

충분히 더 성장할 수 있었던 오르도 자작이 물러나며 새로운 강자가 출현했다.

세상은 늘 그렇다.

오래된 것은 사라지고 새로운 것이 그 자리를 대신해서 자리를 잡는다.

티라는 아쉬웠다. 그 상대방을 잡지 못해 아쉬웠다. 만약 기회가 닿는다면 그런 강자가 자신의 편에 서준다면 적어도 지금 보다는 상황이 나아질 법도 했다.

'우리 아이움에 오르도 자작과 싸워서 이길 수 있는 자들은 없어. 비슷하다고 생각하는 사람들은 몇몇 있지만.'

티라는 한 번 잭을 쏘아 보았다.

잭은 과거 아버지였던 라크와의 인연으로 이곳을 떠나지 못하고 있다.

이미 자신의 목숨을 티라에게 맡겼다.

잭은 링커다. 그리고 강하다.

마나연공법도 알고 있고 순서대로 하급에서 최상급까지 각성도 많이 하지 않고 단계를 밟아 나가고 있다. 이런 자들은 잠식도 거의 없다. 마수들에게 들리는 소리도 그렇게 크지 않다.

수명도 마나연공법 때문에 굉장히 길다.

일반 사람만큼은 아니더라도 그들에 못지않게 오래 살 것 같다.

잭이라면 오르도와 싸워 비슷한 수준까지는 이끌어낼 것 같다. 하지만 이길 것 같지는 않다. 아이움에는 이런 자들이 몇몇 있다. 하지만, 확실한 강자. 구심점이 될 만한 사람은 없었다.

모두 라크와의 인연으로 이곳에 뭉쳐있는 사람들일 뿐이다.

"그런데 제 동생은 어떻게 됐죠?"

티라는 동생이 없다.

친동생이 아닌, 의동생이다.

"그것이……."

잭은 땀을 삐질 삐질 흘렸다.

티라의 의동생이라면 한 명밖에 없다.

애니마.

아이움에 있는 유일한 전투마법사다.

마법사를 분류하는 건 참 웃긴 일이긴 하지만, 마법사들끼리 자신들을 전투마법사다, 생활마법사다 뭐 그런식으로 부르긴 한다.

가지고 있는 마법이나 배운 마법들로 구분을 하는 건데 전쟁터에서 오래 활약한 마법사들은 마법들이 대부분 전투와 관련된 것일 수밖에 없다.

전쟁터는 아니더라도 아이움은 수많은 전투를 치러왔다.

제국과 캔슬러와 그밖에 링커들이나 마법사들과.

불사를 원하는 모든 자들과 그렇게 싸워오며 은원관계를 다져왔던 건 사실이다.

애니마는 전투마법사지만 사실 마법을 사용하는 것을 그렇게 좋아하는 건 아니다. 엄청난 재능을 타고나긴 했지만 스스로 학자가 되는 것이 좋다고 했으니 말이다.

마법사들은 아무래도 기사들 보다는 학자에 가깝다. 끊임없이 진리를 탐구하며 연구를 하는.

무를 숭상하는 게 아니다. 강자를 존경하지 않는다. 전쟁터에서 죽는 것을 최고의 미덕이라고 여기지도 않는다. 기사와 마법사들은 애초부터 다른 생물체일 뿐이다. 인간이라는 껍데기만 같다.

애니마는 싸우고 싶어 하는 편은 아니다.

굳이 적을 만드는 편이 아니다.

살생을 좋아하지도 않는다.

평상시에는 개미 한 마리 밟지 못한다.

문제는 제국이 그녀를 가만 내버려두지 않는다는 거다.

그녀는 이래나 저래나 아이움의 전투마법사다.

마법사 한 명은 전장의 판도를 바꾼다.

제국은 눈에 불을 켜고 그녀를 쫓았다. 제국 입장에서 아이움은 사실 굉장히 귀찮은 존재다. 이래나 저래나 불사를 원했던 자들이기 때문이다. 비록 지금은 라크라는 구심점이 사라진 잔당들에 불과하지만.

사실 잔당들만큼 귀찮은 것도 없다. 파리처럼 손짓을 해도 떨어지질 않으니까.

게다가 뛰어난 마법사는 효용가치가 많다. 그녀를 붙잡기만 한다면 아이움은 그녀를 살리기 위해 자신들이 알고 있는 불사에 관련된 정보를 술술 불어낼지도 모른다.

"티라님께서 칼루스시에 다녀오신 적이 있잖습니까? 그때 이후로 본 적이 계속 없다가 얼마 전에 편지가 도착했습니다."

황제의 병력들이 검은숲에 갔던 일 때문에 칼루스에 간 적이 있었다.

그때 칼루스는 검은숲에 다녀온 원정대 때문에 떠들썩했었다.

물론, 그녀는 처음부터 그곳에 불사의 초가 없다는 것을 알고 있었다.

"그런데요?"

"아무래도 지금 백색평야로 향하고 있는 것 같다고……"

티라는 잠시 어이가 없는 듯 어안이 벙벙한 얼굴을 지었다.

"배, 백색평야요?"

◆

처음 이름을 봤을 때는 현상금 포스터지였다.

펜릴.

익숙한 이름이다.

아니, 지겹다 싶을 정도로 들은 이름이다.

'언니가 말해준 그 사람이랑 이름이 같은 걸.'

티라는 어렸을 적 기억들을 회상하며 친구 하나에 대해서 매일 같이 얘기해주곤 했었다. 질투가 날 정도로 얘기를 한 그 남자의 이름은 펜릴.

하지만, 펜릴이란 이름은 당장 제국만 뒤져도 수 십, 수백명은 찾을 수 있을 거다.

흔한 이름은 아니더라도 동명이인들은 얼마든지 있었으니까.

처음엔 그렇게 대수롭지 않게 여겼다.

그런데 정말 우연이었다.

하필 쫓기던 와중에 그렇게 마주칠 수 있었던 걸까.

그림이랑 제법 비슷하게 생겼다. 그래도 혹시나 하는 마음에 불러봤다.

반응이 있다.

그런데 하필이면 그 장면을 제국 기사들이 봤다. 오해가 생겨버렸다.

기사들을 죽이고 싶지 않았지만 펜릴은 기사를 모두 죽였다. 물론, 결과적으로 한 명을 놓쳐서 제국 전체에 쫓기는 신세가 되고 말았지만.

이 남자가 언니가 말한 그 남자와 동일인물인지는 모른다.

하지만, 아무리 봐도 신기한 남자다.

남자로써 매력적으로 느끼는 건가?

그 질문에는 아니다라고 대답할 것 같다.

그냥 인간적으로 뭔가 특별한 매력을 풍기는 것 같았다. 이 사람에 대해 그냥 호기심이 생기는 거다.

마법사들은 보통 연구실에 많이 들어가 있기 때문에 운동과는 거리가 멀다. 몇날 며칠을 뛰어다니면 몸에 탈이 날 수밖에 없다. 몸이 아픈 건 하루 이틀도 아니다. 마나가 면역이나 병의 치료에 도움이 될 수는 있어도 완전 면제해 주는 건 아니다.

그런데 하필 쫓기는 와중에 병에 걸렸다. 그런데 그 남자는 말로는 버린다 어쩐다 해놓고서는 결과적으로는 세심하게 챙겨주었다.

'나이는 어린 것 같은데 엄청나게 강한 링커야.'

링커, 그리고 어린 나이.

무력.

아이움에는 이런 사람이 필요했다.

그래서 애니마는 펜릴과 동행을 결정했다.

진드기처럼 달라붙어서 귀찮게 굴었다.

'오르도를 죽이지 않은 건 잘한 일이었어.'

황제를 자극시킬 필요는 없었다.

그를 건드린다는 건 제국을 건드린다는 거고 펜릴이 아무리 강한 링커라고 해도 제국의 수많은 강자들을 상대로는 그 어떤 것도 장담할 수 없기 때문이다.

결국 한 사람은 열 사람의 손을 막기 힘든 법이다.

펜릴이 백색평야로 들어섰다.

그가 이곳에 들어온 이유는 뻔해 보였다.

'불사의 초!'

링커가 아니라면 굳이 이곳에 올 필요가 없다.

그것으로 봐서는 펜릴이 5가지 성물에 대해 알고 있는 것이 분명했다. 그게 아니라면 성물에 대한 정보를 어느 정도 가지고 있다는 얘기고, 정보망이 제법 뛰어나다는 증거도 된다.

'혹, 캔슬러는 아니겠지?'

캔슬러들은 자신들의 무기나 신체에 단체의 이름을 새기고 다닌다. 펜릴은 그런 모습은 볼 수 없었다. 하지만, 처음에는 자신을 알고 숨기려하는 건가? 싶은 모습도 있었지만 펜릴은 시간을 두고 지켜본 결과 캔슬러와는 거리가 멀었다.

어떤 곳에도 소속되지 않은 링커!

'우리는 어떻게든 이 남자가 필요해.'

애니마는 손을 불끈 쥐었다.

◆

펜릴은 그 토굴을 집으로 삼았다.

이곳은 원래 마수들이 새끼들을 키우던 곳이다. 근처에 먹을 것은 쉽게 찾을 수 있었다.

펜릴은 무작정 밖으로 나가 길을 찾지 않았다. 이 주변의 지도를 만들었다. 그리고 조금씩 거리를 확장시켰다. 위험해진다면 당장 이 집으로 되돌아왔다.

백색평야는 넓다. 트론왕이 사는 올바른 길을 찾아야 한다. 그리고 그 길로 가는 최단거리와 안전한 장소를 확보하는 게 옳았다.

주변지형을 파악하고 지도를 만드는 일은 반드시 필요한 작업 중에 하나였다. 난관에 봉착한 건 어디가 어디인지, 여기는 또 어디인지 제대로 표시를 할 만한 것들이 많지 않았다.

물론 그 역할은 가끔씩 위치한 나무들이 해주었다. 나무마다 펜릴은 마체테로 숫자를 적었다. 그리고 그 숫자를 토대로 지도를 확장시켰다.

시간이야 오래 걸릴수밖에 없다곤 하지만 트론왕이 어디에 있는 지 알지 못하는 이상 이런 식으로 밖에 진행을 할 수가 없었다.

'당장 이곳은 아닐 거야. 중급 마수들이 트론들이 있는 곳에 영역을 잡을 필요는 없을 테니까. 트론들에게도 크게 밀리지 않을 만큼 강한 마수들.'

트론은 최상급 마수다.

최소한 최상급 마수는 돼야 트론들이 쉽게 건들이지 못한다.

이 백색평야는 정말 엄청난 크기다.

펜릴이 있는 곳이 중급 마수들이 있는 곳이라면 상급 마수들이 있는 곳으로 가야 한다. 그리고 최상급 마수들이 있는 곳 까지.

펜릴은 지도 작업을 마치고 해가 떨어지자 토굴 안으로 들어갔다.

여전히 백야현상 때문에 해가 떨어져도 밤이 아닌 것 같지만 온도가 달라지기 때문에 토굴 안으로 들어가야 한다.

그곳에는 애니마가 기다리고 있었다.

그녀를 보자 펜릴은 묻고 싶은 것들이 많았다.

'북방의 이민족 언어, 그리고 티라.'

마나증폭기에 씌어졌던 그 글씨.

그것이 펜릴의 궁금증을 자극시켰다.

그럴 수밖에 없다.

이민족의 문자를 알고 있는 사람 중에 티라라는 이름을 가진 사람이 과연 몇이나 될까.

게다가 언니라니.

지금 애니마의 나이를 생각하면 펜릴과 크게 다르지 않을 것 같았다.

하지만 먼저 펜릴이 묻지 않았다.

여전히 이 애니마라는 여자에 대해 의심을 하고 있는 것들이 많았기 때문이다.

확신을 가져야 한다. 그래야 펜릴은 움직인다. 그 전에 움직인다는 건 펜릴의 정보를 그녀에게 모두 건네줄 수밖에 없다.

그녀가 마법사라는 걸 알았고 티라라는 여인이 언니라는 것, 그리고 북방의 이민족 문자를 알고 있다는 것까지 알아냈다.

정보라는 건 처음이 중요하고 처음이 어렵다. 그 처음을 알게 되면 조금씩 지도를 확장시키듯 빠르게 알아낼 수 있다.

'뭐지?'

토굴 안에 있던 애니마의 표정도 그렇고 분위기가 심상치 않았다.

'또 어딘가 몸이 안 좋나?'

펜릴은 멋쩍은 듯 자신의 머리를 긁었다.

그녀는 펜릴을 쭈욱 지켜보더니 입을 천천히 열었다.

"펜릴."

애니마는 단 한번도 펜릴의 이름을 부른 적이 없었다.

"네."

"미안하지만, 우리를 도와 줘요."

♦

'도와달라고?'

펜릴의 얼굴에 미묘한 표정 변화가 생겼다.

그는 애니마에 대해 제대로 알고 있는 게 없었다.

호의로 해줄 수 있는 일이 있고 없는 일이 있다.

펜릴이 생각했을 때 애니마는 펜릴이 그토록 찾아 헤매던 티라와 라크에 대한 정보를 알고 있을 확률이 있다.

'내가 그들을 찾고 있다는 걸 알고 있는 걸까?'

아니, 모를 거다.

그런 사실은 티라나 라크 본인들도 모를 거다. 펜릴이 그곳에 무언가 써놓고 통나무집을 나온 것은 아녔다. 이미 불타버린 뒤 였기 때문에 써놓고 나올 공간도 없었다.

애초에 애니마는 펜릴과 티라 사이에 어떤 인연이 있었는 지모를 것이다.

'그렇다면, 나를 만난 건 그냥 우연인건가.'

아니, 잘 모르겠다.

아직 애니마가 티라와 어떤 인연을 맺고 있는 지, 서로 알고 있는 티라가 같은 사람인 지 파악하는 게 더 중요하다.

"뭐를요?"

펜릴은 구체적으로 물었다.

애니마는 잠시 고민을 했다.

도움을 요청하려면 처음부터 끝까지 자신이 알고 있는 내용을 전부 털어놔야 한다. 진심을 보이지 않는다면 상대방은 반응을 하지 않을 거다.

일단, 물어본다는 건 관심이 있다는 거다.

그녀는 어디서부터 말을 해야 좋을 지 한참 고민을 하다가 천천히 입을 열었다.

표정이 다양하다는 것, 표정을 숨기지 않는다는 것.

한 표정을 오래 동안 유지 하지 못한다는 것.

그건 그만큼 그녀가 얼마나 절박한 상황인지 알 수 있었다.

애니마는 어리다. 엄청난 마나를 가지고 있는 마법사라고 해도 아직 어린 아이에 불과하다.

제법 담담하게 설명하려는 모습은 보였지만, 그녀의 표정 하나로 알 수 있었다.

그에 반해 펜릴은 딱히 표정 변화랄 게 없었다.

관심은 있지만 긍정적으로 혹은 부정적으로라도 어떤 표정의 변화도 없이 얘기를 천천히 들었다.

'아이움…….'

앞에 애니마만 없었다면 피식 웃음이 나왔을 거다.

그녀는 펜릴에게 도움을 요청한다고 했다.

절박함 보다는 그녀가 펜릴을 우선적으로 할 것들은 펜

릴이 승낙할 수 있게 설득시켜야 한다. 설득시키는 과정은 100% 진실만 들어갈 수는 없다. 때때로는 거짓도 섞어 가면서 상대방을 현혹시키고 설득시키는 건데, 그녀는 아직 어리다.

사실 그렇다.

펜릴이 그녀를 도울 이유는 하등 전혀 없었다.

아이움이 어떤 곳인지는 알겠다.

제국과 사이가 좋지 않다는 것도 알겠다.

캔슬러라는 거대한 집단과도 사이가 좋지 않다는 것도 알겠다.

하지만 펜릴은 그 어떤 매력도 느끼지 못했다.

"불사의 초를 찾고 있는 거 아닌가요?"

펜릴의 표정이 살짝 변했다.

링커라면 누구나가 불사의 초를 탐내고 찾고 있다.

그런데, 하필이면 백색평야에서 그런 질문을 한다. 이건 이곳에 어떤 것이 있는지, 펜릴이 무엇을 원하는 지 알고 있다는 뜻으로 밖에 들리지 않는다.

'성물을 알고 있군.'

사실 그렇게 놀랍지는 않다.

불사의 초를 찾고 있었고, 아이움이라는 익숙한 이민족의 언어.

'티라……'

그녀 말고는 떠오르는 게 없었다.

아이움에 대해 설명해 주었던 애니마가 얘기하지 않은 건 티라라는 이름과 그리고 그것과 관련된 라크라는 사람이다.

둘의 이름은 쏙 뺐다. 하지만, 이미 그녀의 마나 증폭기를 통해 티라의 이름을 확인했다.

'살아 있다.'

간접적이긴 하지만 확인을 했다.

그녀는 살아 있는 거다.

펜릴은 그녀와 라크를 찾기 위해 이 여정을 시작했다.

기뻤다. 아니 솔직히 말하면 감동적이기도 하다.

그런데, 그것뿐이다.

그녀는 펜릴을 찾아오지 않았다.

사정은 얼추 알 것 같다. 예상이 된다. 머리가 그렇게 좋은 편은 아니더라도 돌아가는 상황을 보면 유추가 된다.

하지만, 그녀가 살아 있다는 걸 확인했어도 펜릴의 여정은 끝나지 않는다. 그녀 때문에 여정을 시작했지만 끝은 불사의 초로 나야 한다.

펜릴은 불사의 초를 찾아야 한다.

그것이 끝나기 전 까지는 이 여정의 끝은 없다.

"네."

애니마의 질문에 부정하지는 않았다. 성물에 대해 알고

있다면 이곳에 왜 펜릴이 왔는지 이미 알고 있기 때문이다. 여기서 어정쩡하게 부정을 하거나 거짓말로 그럴 듯한 스토리를 지어낼 필요는 없었다.

"무조건적인 희생을 강요하지 않아요. 당신이 원하는 것을 들어 주겠어요."

"불사의 초를 찾는 것에 도움이 되겠다는 얘기로 들리는데요?"

"그렇게 들으셨다면 제대로 들으신 거예요."

펜릴은 기어코 웃음이 터져 나왔다.

애니마의 표정이 심각하거나 진지해서가 아니다.

"뭐, 뭐예요?"

제법 불쾌해진 모양이다.

그녀는 그녀 나름대로 열심히 얘기를 했고 진지했다. 그런데 그것을 듣고 있던 펜릴의 입가에는 미소가 생겼으니 무시를 당했다고 여길 거다.

펜릴은 손을 들어 올렸다.

"애니마. 사정은 알겠어요. 하지만 전 들어 줄 수 없어요."

"왜, 왜요?"

"당신의 말은 말이 되지 않으니까요."

"뭐라고요?"

펜릴은 차근차근 입을 열었다.

"저를 어떻게 생각하고 있는 지 모르겠지만, 저는 그렇게 대단한 사람이 아녜요. 그리고 불사의 초에 대한 성물에 대해 알고 있는 것 같은데 그건 바닥에 널려 있는 게 아녜요. 가장 빠르게 구한다고 해도 몇 년에 하나 가질 수 있을까 말까. 아주 희귀한 거라고요. 아이움에 링커들이 있다면 결코 그들은 제가 불사의 초를 얻는 데에 도움을 주진 못할 거예요."

펜릴은 사실 남들을 잘 믿지 않는다.

아니 인간이라면, 인간을 의심해야 하는 건 당연하다.

인간만큼 앞과 뒤가 다른 동물은 찾아보기 힘들 정도니까.

애니마의 말을 믿고 그들을 돕는다고 하더라도 펜릴은 굴러온 돌에 불과하다. 박힌 돌들은 그 자리를 고수하려 들 것이고 그 사이에 펜릴과 접촉이 있을 거다. 그 접촉은 내분으로 이어질 거고 결코 좋은 결과를 내지는 못할 거다.

아니 그 밖에도 펜릴은 스스로가 그 정도로 강한 사람이라고 생각하지도 않았다.

티라와 직접 얘기를 한 것도 아니고 애니마, 성인이 되지도 못한 여자의 말을 듣고 결정을 내릴 수도 없었다.

뭣보다 펜릴은 티라가 살아 있다는 얘기를 들었고 그녀가 현재 어떤 일을 하고 있는 지도 알아냈다.

그것으로 충분하다.

나머지는 티라의 일이고 그녀의 인생이다.

그것을 펜릴이 이러쿵저러쿵 어떻게 해줄 것도 아녔다.

'이걸로 됐어.'

펜릴의 성격대로라면 아이움이나 캔슬러나 제국이나 어떻게 되든 상관 할 바가 아니다. 그건 그들의 일이지 펜릴과는 전혀 상관이 없는 문제기 때문이다.

하지만, 아이움은 티라와 관련이 있다.

그녀가 살아 있다는 것만 알았으면 됐다.

'살아만 있으면 됐어. 당장 찾아갈 수도 없고. 나에겐 더 중요한 일이 있어.'

티라가 살아 있다는 것을 알았으니 굉장한 수확이다.

그것을 확인하기 위한 여정이었으니까.

그 여정은 끝났다. 그리고 이제 펜릴의 여정이 남았다.

"미안해요."

펜릴은 이 대화의 종지부를 냈다.

애니마는 무언가 당혹스러운 표정이었다.

◆

백색평야에 들어선 지 2주.

펜릴은 씨스톤의 충고를 흘겨 듣지 않았다.

처음 그가 말한 대로 새로운 곳으로 이동을 할 때면 가장 먼저 주거를 할 수 있는 곳을 골랐다. 대부분이 물에 젖은 백흙이지만 어떤 곳은 일반 흙처럼 황토색인 경우도 있었다.

중급 마수 지역을 지나 상급 마수 지역으로 들어섰다.

이쯤 되자 펜릴은 상당한 긴장을 하기 시작했다.

백색평야에서 하루 이틀 잠을 못 자는 건 다반사였고 단한 시라도 긴장을 늦출 수 있는 시간은 전혀 없었다.

상급 마수 지역이 지나가니 이제는 최상급 마수 지역으로 들어섰다.

이쯤 되자 펜릴의 이동 속도는 지지부진해졌다.

하늘도 그렇지만 땅 밑까지도 제대로 안심할 수 있는 곳이 없었다. 날아다니던 마수들이 펜릴을 공격하고, 펜릴의 몸보다도 두어 배는 커다란 벌레가 땅에서 기어 올라와 공격하는 건 다반사였다. 땅에 작은 진동만 울리면 무기부터 꺼내기 일쑤였다.

이곳에서는 제대로 잘 곳을 고르는 것도 쉽지가 않았다. 골랐다 싶으면 그곳에서도 위기가 찾아왔다. 자도 자는 것 같지 않았다. 거의 뜬 눈으로 밤을 지새우다가 다음날을 시작하곤 했다.

잠을 잘 자지 않는 펜릴도 정말 힘든 나날이었다.

'나도 그렇지만……'

애니마는 어깨가 축 늘어진 채로 펜릴의 뒤를 따랐다.

안되긴 했지만 펜릴이 그녀를 도울 수 있는 건 없었다.

그녀는 자진해서 펜릴을 따라다녔다.

여기에서 그녀를 버리고 갈 수도 없었다. 이곳에서 그녀는 펜릴이라는 줄이 끊기면 마수의 밥에 불과했다. 대단한 마법사라도 이 백색평야에서는 정말 평범한 사람으로 전락했다.

몇 번 인가 마법을 사용하려고 노력을 하긴 했지만 쉬워 보이지는 않았다.

"이상한 것이 마법을 사용하는 데 방해해요."

마법사는 마법을 쓰는 데 가장 중요한 게 바로 집중력이다.

망령을 정령으로 사용하는 펜릴에게도 이건 굉장한 패널티다.

그 집중력을 이 땅은 흐트러뜨린다. 그래서 마법사들은 쥐약이나 다름이 없다.

굳이 쓰려고 한다면 사용할 수 있지만 위력은 반감되어 나온다.

많은 마나를 쓰고도 위력이 약해지니 마법사들로써는 환장할 만한 곳이다.

"조금만 참아 봐요."

펜릴의 말에 애니마는 고개를 끄덕였다.

당장이라도 이곳에서 나가고 싶어 할 테지만 펜릴은 그럴 수 없었다. 그녀가 어떻게 되든 말든 일단 펜릴의 목적은 트론왕의 날개를 무슨 수가 있더라도 구해야 한다.

'환장하겠군.'

지금 중요한 건 트론왕의 서식지다.

그런데 최상급 마수 영역에 들어선 지 이틀째인 지금도 트론을 한 마리도 발견하지 못했다.

-모든 생물체에는 다 존재 이유가 있고, 그것에 맞춰서 진화하거나 발달 된 신체부위가 존재하기 마련이다. 트론의 경우 날개가 진화 되었으니 땅 위에서 사는 마수는 아니다.

씨스톤의 애기에 펜릴은 공감했다.

새들은 나무 위에서 살고, 날개가 없는 인간은 땅 위에서 살고 있다.

트론들만 하더라도 높은 곳에 살지 않을까 싶어서 움직였는데 정말 이 넓은 땅에는 그냥 평야만 있을 뿐 제대로 된 둥지나 절벽이 보이지 않았다.

제대로 보이지가 않으니 펜릴은 답답할 따름이다.

펜릴은 더 이상 움직이는 것을 포기하고 망령을 소환하였다.

'어?'

그런데 아무리 소환을 해도 망령이 나타나질 않는다.

길을 잃으면 망령의 눈을 통해 주변을 파악하곤 했는데, 전혀 나타나질 않는다. 이런 적은 없었다. 아무리 사용하기 힘들어도 아무리 지쳐도 이젠 망령을 정령처럼 사용한다는 게 익숙해진 펜릴이었다.

-마나의 흐름 자체가 사라졌다.

'뭐?'

-이 공간에서 마법을 사용한다는 건 불가능하다. 네놈이 사용하는 망령도 마찬가지고.

'안티 마나 필드(Anti mana field) 같은 건가?'

마법 중에서도 꿈에서나 존재한다는 환상 속의 마법이다.

일정 영역의 모든 마나를 없애 버린다는.

-비슷하다.

항마력에 100%는 없다.

딱 하나 가장 가까운 것이 있다면 트론왕의 날개다.

주변이 차가울 정도로 갑자기 하얀 안개가 생성 되었다.

그 안개가 주변을 감싼 순간 공기가 억지로 펜릴을 미는 듯한 느낌을 받았다.

펜릴은 주변을 살폈다.

그러면서 하염없이 안개속을 거닐었다.

한 참을 안개를 헤매던 펜릴은 안개의 끝에 도달했다.

monster link

몬스터
링크

르론왕

트론왕
monster link

안개를 거치고 나온 펜릴은 주위를 살폈다.

애니마는 온데간데없이 사라졌다.

–안개 속으로 들어온 직후부터 볼 수 없었다.

"뭐라고?"

검은숲에서 자주 보던 안개 보다도 더욱 짙다. 아무 것도 보이지 않는다. 아무 감각도 느껴지지 않는다. 그래서 펜릴은 안개를 걸어 오는 내내 애니마를 보거나 느낄 수 없었다. 그래서 안개를 헤쳐 나온 뒤 곧바로 애니마를 찾은 거다.

–네가 걸어온 건 30분 남짓이다. 그런데 30분 거리에 그 어디에서도 그녀를 찾을 수 없다.

그건 놀라운 일이다.

이곳의 땅은 물이 항상 차 있다.

인간이 1시간 동안 걷는다면 4km 남짓.

그런데 그것도 일반 평지다.

이런 질퍽질퍽한 땅을 그런 속도로 걷는 건 무리다. 30분 동안 걸었다면 펜릴은 1.5km정도를 걸었을 거다.

그 짧은 거리를 씨스톤이 포착해내지 못한다는 건.

-저 안개에 비밀이 있다. 마법은 아니지만, 다른 이의 출입을 허가하지 않는다.

평범한 안개라고 생각하지는 않았다. 그 어떤 안개도 이렇게 지독하진 않을 거다.

-그녀는 마법사라 이곳의 출입을 허가 받지 못했다.

'허가? 출입?'

-그녀 뿐만 아니다. 이곳에 허가 받는 생물은 몇 가지 없을 거다. 인간들은 불허. 하지만, 네가 가능한 이유는 네 심장 속에 있는 그 에너지 때문이다. 이곳은 인간이라면 도저히 살아갈 수 없는 안티 마나 필드다.

마나 자체가 없는 지역.

마나의 출입을 허용하지 않는 지역.

펜릴의 몸에는 마나의 한 줄기도 있지 않다.

아니, 있다면 숨을 쉴 때 안으로 들어오고 나갈 때 사라지는 신기루 같은 마나일 뿐.

펜릴의 심장에 있는 붉은 열매의 에너지는 굳이 마나가 필요하지 않게 만들었다.

강력한 마법사인 애니마는 이 안티 마나 필드로 들어설 수 없다.

-이 안에 다른 생물체의 존재가 느껴진다. 트론왕인것 같다.

펜릴은 몸을 부르르 떨었다.

백색평야에 존재한다는 그 트론왕.

그렇다면 붉은 열매 없이는 이 트론왕을 찾으러 올 수도 없다는 거다.

우연한 기회로 붉은 열매를 먼저 얻은 펜릴에게는 천운이 따랐다고 볼 수 있다.

다른 이들은 이 백색평야에 오지도 않지만, 아무도 트론왕을 발견하지 못했던 이유가 그것에 있었다.

애초부터 붉은 열매를 얻은 작자들은 아주 손꼽을 테니까.

트론왕의 날개를 얻는다면 불사의 존재에 조금 더 가까워진다.

이민족들이 말하는 완벽한 존재, 신.

아이움이 되는 거다.

'물론, 완벽한 신은 아니지만.'

불사의 존재가 된다면 인간은 반신 정도라고 볼 수 있을 거다. 말이 불사의 존재지 늙지 않고 병에 걸리지 않을 뿐 칼을 심장이나 머리에 맞고도 살아 남을 수는 없다. 다만, 어떤 부위든 간에 각인을 할 수 있고 잠식 효과는 없다. 사실상 인간을 초월한 최고의 존재가 되는 거다.

일단, 펜릴은 두 가지를 얻었다. 나머지 3가지 중 하나가 지금 이곳에 있다.

'이곳이 백색평야의 끝인가?'

거대한 벽이다. 고개를 한 참 뒤로 젖히지 않고서는 끝을 볼 수가 없을 것 같다. 그 벽의 가장 아래에는 동굴이 하나 있다. 그 동굴에서부터 불어오는 바람 한 줄기는 싸늘하기 짝이 없다.

'가볼까.'

그런데, 펜릴의 다리는 이상하리 만큼 가볍다.

펜릴은 천천히 동굴 안으로 진입했다.

◆

바실리스크.

보통 사막 지역에서 볼 수 있는 최상급 마수 중 하나다.

사람이 마주칠 확률은 아주 드물지만, 일단 마주친다면 꽁무니를 빼고 도망가는 게 상책이라고 들었다. 워낙 보기가 드물어서 사막에서 거주하는 사람들 조차도, 사막을 왕

래하는 상인들 조차도 평생에 한 번 마주칠까 말까할 정도
로 신비한 마수다.

악어와 크게 다르지 않게 생겼지만 얼굴은 닭의 머리와
닮았고 속도는 빠르지 않지만 위협적인 이유는 10미터 이
내에서 눈을 마주치면 곧바로 돌로 변해 버린다.

지금 이곳에서 바실리스크에 대한 설명을 한 이유는 다
름 아닌 펜릴 때문이다. 펜릴은 바실리스크를 앞에 두고
고심에 빠져 있었다.

이 동굴은 정말 길다. 그런데 반대편에서 바람이 불어오
는 걸로 봐서는 반대편으로 출구가 있는 것이 확실하다.

바실리스크는 트론들을 지키는 하나의 경비견, 역할을
하고 있다고 볼 수 있다.

경비견 역할치고는 굉장히 위협적이지만.

'왜 이곳에 바실리스크가 있는 거지?'

사막에서나 볼법한 녀석이 동굴에 처박혀 있다니.

'트론왕을 잡을 만한 힘을 증명하라 이건가?'

펜릴은 고개를 내저었다.

바실리스크는 계속 움직인다. 그리고 생각보다 둔한 놈
이다.

펜릴은 데린구유에서 받았던 망토를 이용한다면 구멍을
파고 기다려, 바실리스크가 사라지면 그 뒤로 유유히 이동
해버리면 그만이다.

그 외에도 마음만 먹는다면 바실리스크의 눈과 귀를 속이고 반대편으로 넘어갈 수 있는 방법은 여럿 있을 거다. 그런데 굳이 바실리스크가 왜 이곳에 있어야 하는 가에 대한 의문은 계속해서 남는다.

'빌어먹을, 나도 모르겠네.'

펜릴은 바실리스크를 사냥하는 쪽 보다는 위험 부담을 줄이기로 결정했다.

바실리스크를 사실상 사냥하는 건 펜릴에게 있어 목숨을 걸어야 한다.

최상급 마수라고, 다 같은 최상급 마수가 아니다.

최상급 마수 그 이상을 지칭하는 특별한 용어가 없기 때문에 최상급 마수로 분류되었을 뿐 그 이상이라고 생각하는 게 바실리스크를 설명하는 데 있어서 더 쉬울 것이다.

유일한 약점이라고 할 수 있는 뱃가죽은 드러내지 않으면 의미가 없고 등은 굉장히 거칠고 두껍기 때문에 초인들의 검도 쉽게 뚫지 못할 정도로 질긴 가죽이라는 얘기를 들었다.

게다가 눈을 마주치면 무조건 돌로 변해 버린다.

전설 속에 메두사 만큼이나 위력적인 마수라는 얘기다.

그래도 제법 생각하는 바가 몇 개 있긴 하지만, 그게 성공한다고 장담할 수 있는 수준까지는 아니다. 펜릴은 땅을

파고 기다리다가 망토를 뒤집어쓰고 바실리스크가 지나가
길 기다렸다.

주변의 환경과 완전하게 동일하게 만들어 버린다. 냄새
도 색깔도 기척도 그 어떤 것도 느껴지지 않는 완벽한 공
간이 되어 버린다.

물론, 이걸 사용하면서 움직일 수는 없다. 그게 된다면
그것 만큼이나 말도 안되는 일이 있겠는가. 만약 그렇다면
이 세상 암살자들은 죄다 흙을 다루는 정령술사들일 거다.

쿠웅! 쿠웅!

엄청난 무게감이 느껴진다.

그게 땅으로 전달되어 진다.

펜릴은 잠시 눈을 감고 바실리스크가 지나가길 기다렸
다.

감각이 둔한 바실리스크가 흙의 정령의 도움을 받는 망
토를 벗겨내어 펜릴을 찾아낼 요령이 있을 턱이 없었다.

잠시 후 펜릴은 망토를 위로 거두고 위로 폴짝 뛰어 오
르며 반대편 출구로 향했다.

이번에도 벽이다. 가장 먼저 마주친 것은 원형 벽 가운
데에 솟아 오른 거대한 기둥.

펜릴이 고개를 치켜 올리자 그 기둥 위에 날아다니는 트
론 들이 보였다.

트론.

사실 펜릴은 트론과 마주치는 것은 처음이라 할 수도 있고 처음이 아니라고 할 수도 있고 에매한 입장이었다.

펜릴에게 씨스톤을 건네준 클리드 노인네가 사용했던 날개가 바로 다름 아닌 트론이 아니었는가.

하늘을 날아다니는 강력한 능력과 카두치의 눈 보다 뛰어난 항마력은 다른 이들에게 있어 굉장히 탐내게 하는 능력 중 하나가 되었다.

하나의 물건으로 두 가지 이상의 능력을 발휘하는 부위.

그래서 더욱 인기를 끌었다.

트론은 백색평야에서만 거주하는 게 아니다. 대륙 곳곳에서 발견되고 있다. 그런데 워낙 잡기가 까다롭고 떼로 몰려다니기 때문에 한 번 잡으면 엄청난 가격에 거래되고는 한다.

그리고 그 트론들의 왕.

트론왕은 이 백색평야가 아니라면 만날 수가 없다. 아니, 검은숲에서 붉은 열매를 얻지 못한다면 그 누구도 만날 수가 없을 것이다.

'빌어먹을.'

정작 그 붉은 열매를 얻고 출입의 허가를 받은 펜릴도

트론왕을 만나기가 쉬워보이지는 않았다.

일단 트론들은 몰려다니는 습성과 하늘을 나는 녀석들이라 눈이 워낙 좋다. 곧장 트론 몇 마리가 펜릴을 발견하고는 빠르게 하강을 해왔다.

거대한 검은 날개와 검은 육신, 인간의 몸과 굉장히 닮았지만 얼굴은 인간과는 사뭇 다르다.

팔과 다리가 달려 있어 마치 서큐버스나 인큐버스 같은 생김새를 닮았지만 그들은 지식 능력체가 있다고 알려진 악마들이고 트론은 그저 마수일 뿐이다.

'젠장!'

펜릴은 곧바로 씨스톤과 카두치의 눈, 팬텀 라지아의 다리를 순식간에 각성 시켰다.

트론 한 마리가 일단 펜릴의 시야를 가리며 팔을 낚아채기 위해 다리를 뻗었다.

펜릴은 팔을 주는 척 하더니 다른쪽 팔로 트론의 복부를 가격했다.

퍼억!

키아에엑!

괴상한 소리와 함께 트론이 그대로 바닥으로 추락 해 뒹굴었다.

인간이었으면 죽었을 텐데, 마수다 보니 워낙 몸이 단단하다.

이번엔 다른 트론이 달려들었다.

아무리 공격해도 씨스톤의 팔에 상처를 입힐 수는 없다.

그런데 문제는 팔이 아닌 다른 부위를 공격할 때다.

한두 마리가 죽고 나자 팔에 상처를 입힐 수 없다는 걸 깨달았는지 펜릴을 사방에서 포위하며 공격해 온다.

펜릴은 등으로 벽을 사수하고 뒤에서 오는 공격을 원천 차단했다.

그렇게 하면 앞과 위에서 오는 공격만 막으면 만사 해결이다.

하지만 그렇다고 펜릴에게 위협이 사라진 건 아니다.

벽에 몰리자 트론들은 미친 듯이 펜릴을 향해 계속 공격해 들어왔다.

트론들이 쓰러지자 구슬피게 울었다. 그 울음 소리를 들은 트론 녀석들이 떼 거지로 내려왔다.

한 두 마리가 아니다.

열 마리, 스무마리도 아니다.

언뜻 봐도 수 백마리는 될 것 같다. 펜릴이 저 녀석들과 모두 싸울 수는 없다.

펜릴에게도 체력이라는 것이 존재한다.

특히나 이곳에 오기 전 백색평야에서 최상급 마수 영역으로 들어오며 제대로 된 휴식을 취하지 못했다.

펜릴은 사방에서 오는 트론들의 공격에 땀을 뻘뻘 흘렸다.

트론왕을 보지도 못했는데 죽을 수는 없었다.

펜릴은 앞으로 돌파를 시도하며 길을 뚫었다.

퍼억!

"컥!"

펜릴이 옆으로 쓰러졌다.

트론의 공격에 어깨를 얻어 맞았다. 아픈 건 아니지만 몸이 옆으로 기우뚱 넘어졌다.

그러자 득달 같이 달려 든다.

키는 펜릴 보다도 큰 녀석들이 수 백 마리가 포위하자 깃털이 사방으로 떨어졌다.

주변의 누가 죽는 것도 아랑곳 하지 않고 펜릴을 공격했다.

펜릴은 짧은 순간에도 사방을 살폈다.

이 녀석들을 모조리 상대하다가는 펜릴의 몸이 남아날 것 같지 않았다.

'방법을 찾아야 한다. 방법을.'

이 녀석들은 눈이 좋다. 어디에 있어도 펜릴을 공격할 거다.

게다가 숫자가 많다 보니 지치면 다른 녀석들이 오고 지치면 다른 녀석들이 나타날 거고.

펜릴은 몸이 하나다.

여기서 어떻게든 해결을 봐야 한다.

펜릴은 주변을 찾다가 결국 동굴 안으로 다시 피신했다.

일단 동굴의 구멍이 좁기 때문에 한 번에 서너 마리를 상대하다가 한 두 마리로 좁힐 수 있다.

그런데 펜릴이 동굴 안으로 들어오자 트론들이 날개를 갑자기 앞으로 길게 내밀더니 경기를 일으키며 하늘 높이 올라가 버렸다.

'설마, 이 녀석들……'

이곳은 바실리스크의 영역.

생각한다면 하나 뿐이다.

'놈들은 바실리스크를 두려워 하는 구나!'

◆

트론은 바실리스크를 두려워한다.

펜릴은 수백에 달하는 트론들을 상대할 수 없고 그 트론들을 상대하지 못한다면 트론왕을 만나는 것마저도 불가능하다. 차라리 트론이 두려워하는 바실리스크 하나를 상대하는 것이 펜릴에게는 더 편한 일일 수도 있다.

바실리스크에게는 눈이 있다. 그 눈을 적절하게 이용한다면 트론을 상대하지 않고 트론왕까지 쉽게 다가갈 수 있을 것도 같았다.

펜릴은 바실리스크의 눈을 각인할 수 있을까 고민했지만 그건 생각할 만한 가치도 없었다.

일단 눈이 인간의 눈 보다 몇 배는 크기 때문에 규격이 맞지 않고 무엇보다 평생 자신의 모습을 거울이나 어딘가에 비추지 못한다.

지나가다가 빗물에 고인 자신의 모습을 보는 순간 돌로 굳어 버리니 양날의 검이나 다를 게 없었다. 무엇보다 그 능력은 자신이 제어할 수 있는 것이 아니니 아쉬워할 필요가 없었다.

어차피 바실리스크가 죽는다 하더라도 눈의 힘은 몇 시간 동안은 그대로 원래의 힘을 유지한다.

펜릴에게 필요한 건 그 몇 시간의 자유다.

-바실리스크가 위험한 건 눈뿐만이 아니다. 두꺼운 껍질도 그렇고, 놈의 이빨이나 앞발에 차이면 즉사다.

석화 능력이 대표되는 것뿐이지, 최상급 마수로써 바실리스크는 엄청난 힘을 가지고 있다.

'10미터를 유지해야 한다고 했지.'

석화 능력이라고 무적은 아니다.

거리는 10미터.

펜릴은 활을 꺼내 들었다.

동굴은 굉장히 넓다.

펜릴이 사방으로 뛰어 다녀도 될 정도로 넓다.

이 영역의 주인은 바실리스크다.

활동 반경이 크다는 건 펜릴에게 굉장한 장점으로 다가 온다.

사실 10미터를 유지해야 한다는 건 펜릴에게 엄청난 부담감으로 다가온다.

근접전을 포기해야 한다는 말로 들리기 때문이다.

망령도 사용할 수 없는 이 영역에서 펜릴이 할 수 있는 건 활 공격 뿐이다.

펜릴은 시위에 화살을 걸고 팽팽하게 당겼다.

복합궁이 허리가 휠 정도로 뒤로 당겨졌다. 활대에서 빡빡한 소리가 들렸다.

펜릴은 아랑곳하지 않고 화살을 한 발 날렸다.

쉬이이익!

붉은 기운을 잔뜩 머금은 화살은 바실리스크의 몸통을 공격했다.

퍽!

박혔다.

그런데 화살촉 뿐이다. 그 이상은 박힐래야 박힐 수가

없다. 워낙 질기고 단단한 피부와 껍질 때문이다.

바실리크스가 펜릴의 위치를 파악했다.

쿵! 쿵! 쿵! 쿵!

그러자 갑자기 달려오기 시작했다.

4발 동물이다.

호랑이나 하이에나 처럼 움직이는 게 아니라 도마뱀 처럼 사방으로 다리가 퍼져 있어 굉장히 느릴 거라 생각했다. 그런데 펜릴을 보자 엄청난 속도로 다가왔다.

-앞을 보지 마라! 돌로 변한다.

펜릴은 뒤로 폴짝 날았다. 그 한 번에 십 미터 이십 미터가 순식간에 벌어졌다.

거리가 벌어지자 펜릴은 바실리크스의 눈을 바라보았다.

활도 통하지 않는다. 가죽이 약한 배를 드러내지도 않는다.

생각해둔 방법이 여럿 있는 데, 가장 확률이 높은 방법이 하나 있다.

'눈을 공격하는 거다.'

눈은 사실 모든 생물에게 있어 가장 중요한 감각기관중에 하나다.

가장 민감한 부위이기도 해서 살짝만 닿아도 굉장한 통증을 불러 일으킨다. 가장 까다로운 건 바실리스크의 눈이다.

그 눈을 무력화 시킬 필요가 있다.

지금이야 10미터 이상 떨어져 있어서 바라봐도 아무렇지 않지만, 이 이상 다가가면 돌로 변할 거다. 그렇다면 눈을 무력화 시켜야 한다.

펜릴은 화살을 하나 더 꺼내 들었다.

쿠웅!

뒤로 나르던 펜릴의 몸이 거대한 벽에 부딪혔다.

도망갈 곳도 없다.

펜릴은 숨을 가볍게 짧게 쉬고는 호흡을 멈춰버렸다. 떨리던 손도, 움직임이 멈춘 몸도 화살 한 발에 집중했다.

크웨엑!

바실리스크가 굉장한 소리를 냈다.

화살이 완벽하게 파고들었다.

놈의 한쪽 눈은 멀었다.

바실리스크를 사냥해야 한다면 펜릴은 나머지 한쪽 눈도 멀게 만들었을 거다. 하지만, 놈이 눈을 사용할 수 없게 되면 펜릴은 굳이 바실리스크를 사냥해야 할 이유가 없다. 어디까지나 펜릴의 목적은 트론왕을 잡아야 한다는 거뿐이다.

펜릴은 허리춤에 달린 마체테 두 자루를 꺼내들었다.

씨스톤의 팔로 바실리스크를 잡는 것 보다는 아무래도 마체테를 이용하여 공격하는 것이 조금 더 수월한 작전일 수 있다.

바실리스크의 오른쪽 눈이 완벽히 무력화가 되었다. 펜릴은 왼쪽으로 돌아서 집요하게 바실리스크를 공격했다.

바실리스크는 이제 왼쪽 눈 말고는 효과가 없다. 펜릴이 왼쪽으로 돌면 바실리스크는 사각 지역으로 도망가는 펜릴을 붙잡기 위해 몸을 계속해서 이동할 수밖에 없다. 앞으로 이동하는 건 빨라도 옆으로 이동하는 건 굉장히 느리다. 펜릴은 그 점을 이용했다.

방향전환이 느린 바실리스크를 상대로 마체테에 붉은 에너지를 잔뜩 주입하여 갑옷 같은 피부를 파괴시켰다.

피부를 파괴시키자 얇은 속살이 나왔다. 펜릴의 마체테는 그 안을 파고들어 내장을 파괴시키고 펜릴은 그 기세로 머리까지 위로 쭈욱 베어버렸다.

쿠웅!

바실리스크가 움직임을 멈추고 주검이 되었다.

'생각보다 어렵진 않았다.'

바실리스크의 이빨, 힘, 특별한 능력등을 생각하면 굉장히 까다로울 것 같지만 떼로 몰려다니는 것도 아니고 이렇게 혼자 움직이는 마수라면 상대하기가 수월하다. 오히려 자신들의 약함을 인정하고 몰려다니는 것들이 어려울 뿐.

경험 많은 마수사냥꾼으로써 여러 가지 기지를 발휘 하니 어려운 일도 아니었다.

이제 남은 일은 바실리스크의 왼쪽 눈을 적출하는 거다.

-절대 쳐다보진 마라. 죽어서도 여섯 시간 이상은 그 능력이 유지 되는 엄청난 녀석이다.

씨스톤의 말에 펜릴이 고개를 끄덕였다.

마수의 부위는 잘 썩지 않지만 바실리스크의 눈의 효능은 금방 사그라진다.

물론, 그런 엄청난 효과를 몇 년 동안 유지하고 있다면 그것이야 말로 최강의 링커가 아니겠는가.

눈만 쳐다본다면 돌이 되는 건 그 누구라도 피해갈 수 없으니 말이다.

펜릴은 눈을 감고 머리가 있는 곳이라 짐작 되는 곳을 베어 버리고 손을 집어 넣어 야무지게 눈이 있는 곳을 붙잡았다.

-왼쪽이다.

물론, 그 과정은 씨스톤이 도와야 했다. 펜릴은 눈으로 짐작되는 곳을 뜯어내고 주변에 물로 한 번 씻겨 냈다. 그리고 그것을 천으로 감싸고 난 뒤 한숨을 조용히 쉬었다.

"후우!"

이마에서는 땀이 한 줄기 흘러내린다.

펜릴은 다시 동굴 밖으로 나왔다.

그를 발견한 트론들이 날개를 펼치며 날아들었다.

펜릴은 자신이 보이지 않게 천을 반만 열고 그것을 트론에게 가져다 대자, 트론들이 빠르게 돌로 굳어 버렸다.

정말이지 신통방통한 능력이었다.

단순히 그 눈을 바라보는 것만으로도 10미터 안에 있는 모든 생물체는 돌로 변해 버린다.

날개짓을 하던 트론들은 돌로 변해 바닥으로 추락했다.

돌로 변하는 것을 본 트론들이 펜릴을 벗어나 위로 도망을 가버렸다.

그 뒤로는 쉬웠다.

펜릴은 팬텀 라지아를 각성 시키고 위로 성큼성큼 올라갔다.

숨어도 소용없었다.

펜릴은 마체테 한 자루를 들고 도망을 가는 녀석들은 모조리 베어 버리던가, 덤비는 녀석들에게는 모두 눈을 마주시켰다.

영역에 들어온 인간 한 명 때문에 트론들은 모조리 난리가 났다.

이젠 날갯짓 소리도 들리지 않았다. 펜릴은 기둥에서도 가장 높은 기둥으로 올라갔다. 마치 높은 산 정상에 올라간 것 처럼 공기가 희박해지고 구름이 옆에 있는 것 처럼 쌀쌀한 온도가 체감 되었다.

펜릴은 손에 쥐고 있던 바실리스크의 눈을 그대로 터트렸다.

얼굴에 무언가가 팍! 하고 튀었다.

펜릴은 소매로 얼굴을 스윽 닦아 내고는 마체테를 칼집에 집어넣었다.

이제 트론들은 보이지 않는다.

남은 건 트론왕.

트론왕의 힘은 트론들에게서 나온다.

무리를 지어 다니는 녀석들의 특징은 힘이 약하다는 거다.

트론왕은 분명히 최상급 마수 중에 하나지만, 가진 힘만큼은 그렇게 강하다고 볼 수 없었다.

특히, 펜릴은 이곳에서 자유롭게 움직일 수 있다. 마나에 대한 제약도 없으며 갖은 모든 능력을 사용할 수 있고 딱히 마나를 사용하지 않으니 트론왕의 장점인 항마력이 소용이 없다.

트론들이 없으니 트론왕은 그냥 힘의 대부분을 잃은 왕일 뿐이다. 부하가 없으니 이젠 왕이라고 부를 수도 없는, 그저 트론 한 마리에 불과하다.

몸집이나 힘은 다른 트론들에 비해 강하다고 할 수 있지만 애초에 펜릴과 비교할 수 있는 힘은 아니었다.

오히려 라트라 보다도 훨씬 약했으니까 말이다.

펜릴은 예전 라트라와 싸울 때보다도 강해졌다.

카두치의 눈은 빠르게 트론왕의 약점을 잡아내고 펜릴

은 트론왕의 날개를 뜯어냈다.

날개를 잃은 트론왕은 날지 못한다.

바닥에 처박혀 숨만 헐떡이는 트론왕은 잠시 후, 펜릴의 마체테 칼 질 한 방에 목이 달아났다.

펜릴은 더 지체할 것도 없이 자신의 다리에 있는 팬텀 라지아의 문신에 칼질을 했다. 흑요석과 시약이 없으니 각인 작업을 위해서는 강제로 문신에 손상을 주어 주술의 악마를 불러내는 수밖에 없다.

케케케!

삼지창을 가지고 나타난 주술의 악마는 한 참 고민하다가 펜릴의 부탁을 들어줬다.

펜릴은 사실 새로운 영역에 들어가고 있다고 볼 수 있었다.

카두치의 눈, 씨스톤의 팔, 팬텀 라지아의 다리.

마지막으로 트론왕의 날개까지!

카두치의 눈은 양쪽이 아니라 고작 한쪽 눈 밖에 되지 않아 잠식효과가 적고 몸에 부담이 없는 편이기는 하지만 트론왕의 날개까지 달면 펜릴의 몸은 사실 견디기가 쉽지 않을 만큼 곤혹스러워진다.

'여기까지 온 이상 뺄 수는 없지.'

남들이 말하는 4차 각성 링커라고 할 수는 없지만 펜릴은 3차와 4차 사이의 기로에 서있는 링커가 된 셈이다. 눈은 양쪽이 아닌 이상 하나라고 취급하지 않기 때문이다.

역사상 어떤 링커도 4차 각성에 들어가지 못한 만큼 펜릴의 지금 영역은 확실히 대단하다고 볼 수도 있었다.

'이렇게 된 이상 다음 크라켄의 쓸개를 반드시 얻어야 한다.'

크라켄의 쓸개는 잠식 효과를 모조리 지워버린다.

몸 안에 있는 모든 마수들, 그리고 앞으로 몸에 각인 될 마수들의 영혼을 펜릴이 자신의 것으로 흡수해버리는 거다.

앞으로 남은 성물은 두 개다.

크라켄의 쓸개, 라트라여왕의 심장!

일단 크라켄을 잡기 위해서는 바다로 가야하고 라트라여왕을 잡으려면, 언제 나타날지 모르는 라트라여왕의 출연을 마냥 기다릴 수밖에 없다.

펜릴은 익숙지 않은 날개를 각성 시키며 기둥에서 바다으로 내려왔다. 사실 내려왔다기 보다는 추락에 가까울 정도로 볼품없는 모습이었다.

팬텀 라지아의 문신에 손상을 줬기 때문에 최소 며칠 간 다리를 사용하기는 힘들 거다.

'끄응!'

몸에 새로운 것을 각인시켰을 때는 최소한 적응 기간이 하루 이상이 소모 된다.

다리도 아니고 인간에게는 없던 날개가 생겨났으니 하루가 아니라 나는 법을 제대로 배워야 할 필요가 있었다.

펜릴은 동굴을 빠져 나와 다시 안개 속으로 들어갔다.

30분 정도 다시 걷고 나니 펜릴은 원래 있던 곳으로 되돌아왔다.

'어디 갔지?'

안티 마나필드를 애니마는 통과할 수가 없다.

그래서 분명 이곳에 있을 거라고 생각했다.

아니, 이 위험한 백색평야에서 마법을 제대로 사용할 수 없는 그녀가 갈 수 있는 곳은 많지 않을 거다. 마수들에게 눈에 띄어 죽었을 지도 모른다.

펜릴은 주위를 두리번 거렸다.

−주변에 인간으로 느껴지는 기척이 있다.

'얼마나?'

−3명이다.

monster link

몬스터 링크

쏘닉 버드

NEO FANTASY STORY

쏘닉 버드
monster link

누구나 영원을 꿈꾼다.

하지만, 누구나 '아이움'이라는 완벽한 존재가 될 수는 없다.

가지고 싶다고 가질 수 있는 게 아니다.

그게 불사의 초다.

제국의 황제는 대륙의 황제다, 라고 할 정도로 그 힘과 영향력이 막강하다.

제국을 봉쇄하려고 해도 워낙 제국의 땅이 넓기 때문에 제대로 된 소통과 지원이 국가 간에 이뤄지지 않는다.

대륙에 중심에는 제국이 있고 그 제국의 옆에 다닥 다닥 붙어 있거나 변방으로 밀려버린 것들이 결국 왕국이나 소국, 이민족들의 현실이기 때문이다.

그런데 그런 막강한 힘을 가진 황제도 불사의 존재가 될 수는 없었다.

황제의 불사를 원하는 자들도 많지만, 그렇지 않은 자들도 존재하기 마련이다.

그중 가장 걸리적거리는 존재가 바로 캔슬러다.

캔슬러가 만들어진 건 얼마 되지 않았다.

아니, 링커라는 것 자체가 과거에는 생소한 개념이었다.

전쟁으로 인해 링커들이 생겨나면서 불사의 초에 대한 소문도 생겨났고 그것에 관련 연구도 활발하게 진행된 거다.

제국내에 존재하는 링커들은 기껏해야 20년, 30년전에야 전쟁을 통해 링크를 알게 된 것 뿐이다.

처음에는 각자 불사의 초를 찾거나 혹은 포기한 자들이 하나 둘씩 모여들기 시작했다. 그 과정이 몇 년 동안 지속되면서 크고 작은 그룹들이 만들어졌다. 그 과정속에서 만들어진 것이 캔슬러다.

캔슬러의 숫자는 생각보다 많지 않다.

제국이 판단하기에 캔슬러의 숫자는 30명 정도다.

그들의 위에 절대적인 주인이 하나 존재한다.

사람은 30명 정도지만 죄다 링커들 사이에서는 알려진 자들이다. 상급, 최상급으로 이루어진 2차, 3차 각성 링커들이 있다는 말이다.

그리고 그 주인은 링커들의 최강자 중 하나라는 얘기도 있다.

몇 년 전만 해도 떠들어 대던 링커들의 절대자들은 많았다.

그런데 최근에 들어서는 많이 죽거나 없어졌다.

자살을 한 자도 있었고 무리한 각인을 하다가 죽은 자들도 있었다.

대표적으로 라크는 캔슬러와의 싸움과정에서 목숨을 잃었다.

그도 사람들이 손꼽은 링커들 최강자중 하나였다.

제국이 생각할 때 캔슬러의 우두머리는 최강자 링커중 하나인 '게레로'를 점찍어 두고 있다. 이유가 일단 다른 링커들과 다르게 활동을 거의 하지 않으며 모습을 쉽게 드러내지 않기 때문이다.

그리고 게레로는 유명한 라트라 사냥꾼이다.

자존심 쎈 링커들을 한 대 규합하여 캔슬러를 만들고, 캔슬러를 유지시키는 건 그가 라트라 사냥꾼이기 때문이라는 말이 많다.

불사의 초에 가장 근접한 것은 '라트라'의 심장이 맞다.

링커나 인간이나 상관없이 누구나 수명을 늘려주기 때문이다.

링커만큼이나 수명에 민감한 자들은 없다.

수명 때문에 마나연공법을 찾기 시작했고 그것과 관련된 연구를 하고, 그 외에 수명이 늘 수 있는 음식이나 라트라의 심장 같은 진귀한 물건들을 찾아다니는 거다.

그 중 제일 진귀한 물건은 라트라의 심장.

워낙 두문불출하게 라트라가 나타나기 때문에 사실 라트라를 찾는 게 쉽지는 않다. 하지만 나타난 구역은 보통 쑥대밭이 되기 마련이다.

그래서 많이 알려진다.

그런 라트라를 잡는 게 게레로다.

워낙 유명한 라트라 사냥꾼이다.

그는 지금껏 라트라의 심장으로 수명을 계속해서 연장시키고 있었다.

물론, 심장을 계속 섭취한다고 수명이 늘어날 리는 없다.

처음 먹었을 때는 몇 년, 두 번째 먹었을 때는 그것에 반, 세 번째는 또 그것에 반.

몸 안에 내성이 생기는 거다. 그 내성은 인간들을 강하게도 하지만 가끔은 안 좋은 일까지 해 버린다.

게레로는 초기의 링커 중 하나다.

과거의 사람들은 라트라를 혼자 잡는 건 불가능하다고 여겼지만, 게레로는 링커의 엄청난 힘을 이용하여 라트라들을 독식하다시피 했다.

그는 초기의 링커들 중에서도 여전히 살아남아 있으며 링커들 사이에선 살아있는 전설중 하나다.

다만, 라트라를 잡는 건 말고는 활동을 안 하기 때문에 그를 보는 건 쉽지 않다.

물론 그 이유외에도 여러 가지 정황상 증거들이 게레로를 캔슬러의 우두머리로 여기게끔 생각하게 만들고 있다.

게레로는 캔슬러를 라트라의 심장과 같은 물건으로 링커들을 유혹했고, 자신이 불사의 존재가 되기 위해 그들이 스스로 돕게끔 만들었다.

불사의 초에는 5가지의 성물이 존재하지만 5가지 성물이 단 하나밖에 존재하지 않는 건 아니다.

게레로를 돕는 링커들로써도 아쉬울 게 없다.

라트라의 심장을 받고 수명이 늘어나고, 성물에 대한 정체를 알게 된다면 게레로가 불사의 존재가 된 뒤에도 본인들 스스로가 불사의 존재가 될 수 있기 때문이다.

게레로는 생각보다 많은 걸 알고 있다.

또 얻은 것도 있다.

크라켄의 쓸개를 가지고 있고 라트라여왕의 위치도 알고 있다.

제국은 아직 정보력면에서 캔슬러를 따라가지 못한다.

캔슬러는 불사의 초를 이루는 5가지의 성물에 대한 정체를 알고 있지만 제국은 아직 그 성물조차도 모른다.

그래서 유일하게 가지고 있던 스펙터의 목걸이로 유혹을 했던 거다.

제국의 예상대로 캔슬러내에서 '주인' 이라고 불리는 우두머리는 게레로가 맞았다.

게레로는 트론왕을 잡기 위해 부단히 노력했지만 전부 다 실패했다. 트론왕을 수 년 동안 만나본 적도 없었다. 그는 그 이유를 모르지만, 검은숲의 붉은 열매를 얻지 못해서다.

붉은 열매가 없으니 출입에 대한 허가 자체가 없으니 그는 안개를 통과하지 못했다.

그것도 모르고 게레로는 매번 캔슬러의 링커들을 파견시켜서 백색평야를 정찰시켰다.

보이지도 않는 트론왕을 잡기 위해서.

그런데 아주 우연이 겹쳤다.

설마, 백색평야에서.

그것도 중급이나 상급 마수도 아닌 최상급 마수들이 돌아다니는 곳에서 한 여자를 만날 줄은.

그 여자는 마법사가 분명하다.

마나의 양을 봐선 그렇다. 그런데 이 백색평야는 마법사 혼자 돌아다닐 만큼 만만하지 못하다.

기사도 마찬가지다.

정령술사도 심지어는 망령을 이용하는 주술사들도 이곳에서 만큼은 쥐약이나 다를 게 없다.

마법도 사용할 수 없는 이 땅에서 마법사 혼자 돌아다니는 게 아무리 봐도 이상하다. 게다가 이곳에 오기 전 까지 살아서 이곳까지 왔을 가능성도 없다. 최소한 3인 체제는 돼야 휴식과 사냥을 번갈아가며 이곳에서 생존을 할 수 있기 때문이다.

상급, 최상급마수 지역에 들어서는 순간 휴식을 취할 곳이 마땅히 없다. 마법도 제대로 사용할 수 없는 이 구역에서 마법사 딸랑 혼자 돌아다니는 것 자체가 이해할 수 없는 일들이다.

"저 여자 아이움이다."

캔슬러와 아이움은 앙숙관계다.

서로 얼굴을 모르려야 모를 수가 없다.

라크가 죽은 뒤 아이움의 성장세도 그렇고 세력도 많이 사라졌다.

캔슬러는 철저히 라트라 심장과 정보로 충성심을 받는 곳이다. 아이움은 라크가 과거 맺었던 인연들을 바탕으로 구성된 곳이다. 라크가 죽자 더 이상 그 인연의 효력이 사라진 거다. 물론 그의 딸이 남아 있긴 하지만, 딸과 아버지는 별개다. 그것이 딸의 것이 될 수는 없다.

최근 들어 불사의 초 보다는 그저 작은 곳으로 전락해버린 뒤였다.

다만 그곳에 몇 몇은 아직도 제법 괜찮은 힘을 가지고 있다.

특히나 마법사 애니마.

어린 나이에도 불구하고 굉장한 힘을 가지고 있는 마법사다.

아이움의 주축 멤버인 마법사 애니마를 아이움에서 모를 수가 없었다.

이곳에서 아이움의 애니마를 만나게 될 줄은 누가 알았겠는가.

그들은 애니마를 붙잡고 별 고민도 없이 백색평야에서 이탈했다.

이 일을 주인인 게레로에게 보고하기 위함이다.

물론, 그들은 그 뜻을 이루지 못했다.

♦

강한 바람이 느껴졌다.

그리고 멀리서부터 검은 그림자가 땅 밑에 길게 깔렸다.

캔슬러의 링커들은 저도 모르게 외쳤다.

"트론?"

멀리서 갑자기 트론의 등장이다.

그런데 트론치곤 조금 이상하다.

트론은 몸이 검한데, 날개는 검하다 쳐도 몸은 검하지 않다.

게다가 가까이 다가오는 걸 보니 인간이다.

그런데 그 인간이 달고 있는 날개도 트론의 것 치곤 크다.

이들은 트론왕의 위치를 파악하러 파견을 온거다. 트론에 대해서 자세히 알고 있다. 이곳에서가 아니라 다른 곳에서 트론을 본적도 있다. 그런데 트론의 날개 치고는 굉장히 크다.

날개의 윤기도 그렇고 크기도 그렇고 생김새도 다르다.

셋은 동시에 외쳤다.

"트론왕이다!"

트론왕이 인간일 리가 없다.

그렇다면 어떤 인간이 트론왕의 날개를 차지했다고 볼 수 있다. 셋은 서로의 얼굴을 쳐다보았다. 트론왕이 얼마나 강한지는 사실 잘 모른다. 하지만, 그들도 링커다. 트론왕은 최상급 마수중에서도 가장 최상위권이다. 놈을 잡았다는 건 실력이 있다는 거고 최상급 마수를 날개로 가지고 있다는 건 최소 3차 각성 링커라는 거다.

그들의 고민은 길지 않았다.

중요한 건 살아 남는 것과 이 사실을 전달하는 거다.

게레로에게.

그런 생각이 들자 그들은 몸을 뒤로 틀었다.

◆

"이번엔 안 놓쳐!"

펜릴은 과거에 애니마와 어떻게 하다 보니 엮여서 제국 황실기사를 한 번 살려 보낸 적이 있다. 그 때문에 제국의 끈질긴 추적을 허용하고 말았다. 동물도 아니고 인간은 한 번 살려 보내면 영향이 크다.

세 명은 각자 서로 다른 방향으로 팍! 하는 순간에 튀어 나갔다.

역시 링커들 답게 다리를 각성하자 엄청난 속도로 뛰어 나갔다.

펜릴도 다리로 쫓으면 늦는다. 팬텀 라지아를 당분간 사용할 수 없다. 펜릴은 트론왕의 날개를 이용하여 그들 보다 빠르게 움직였다. 아직 제대로 된 적응이 된 건 아니지만 그들이 빨라봤자 날고 있는 펜릴 보다 빠를 순 없다. 펜릴은 한명을 쫓으면서 나머지 두 명을 향해 시위를 겨누었다.

펜릴은 활을 들어 올려 시위를 튕겼다.

티이잉!

시위가 강하게 떨었다.

활을 떠난 화살은 링커의 머리를 꿰뚫었다. 펜릴은 다음 상대를 향해 연달아 날렸다.

다른 한명을 쏘았기 때문에 거리가 더 멀어졌다.

그때 애니마가 손짓을 했다.

그러자 바닥에서 넝쿨이 팍! 하고 튀어 나오더니 도망가는 링커의 다리를 붙잡았다.

"비, 빌어먹을!"

펜릴은 재빠르게 시위를 다시 당겨 넘어진 링커의 머리를 다시 박아 넣었다.

펜릴은 활을 바닥에 버리고 마체테를 들어 올렸다.

나머지 한 명의 등을 향해 마체테를 휘둘렀다.

"크악!"

앞으로 고꾸라진다.

생각보다 상처가 얕았다.

몸을 굴린 그는 갑자기 품 안에서 작은 걸 위로 날렸다.

'새?'

푸드득 날아가는 새를 보더니 애니마가 외쳤다.

"그들은 캔슬러예요! 저 새를 잡아요!"

펜릴이 주위를 살폈다.

활을 바닥에 내던지고 왔다. 주우러 가는 건 시간낭비다.

펜릴은 들고 있던 마체테를 그 새를 향해 날렸다. 힘 있게 날아간 마체테도 그 새가 날고 있는 창공까지 닿지 않았다.

펜릴은 바닥을 기고 있는 놈의 멱살을 붙잡고 앞에까지 끌어 왔다.

"저거 다시 내려 오라해."

"늦었어."

"뭐?"

"우린 정찰이 목적이야. 네놈이 트론왕의 날개를 가지고 있다는 걸 주인이 알게 된다면 제대로 목숨 부지하는 게 쉽지 않을 거다."

◆

쏘닉 버드.

다 자라도 15cm가 안 될 정도로 아주 작은 새다.

그런데 쏘닉 버드라는 이름이 붙은 이유는 1시간이면 500km이상을 날아가는 엄청난 **빠르기**를 가졌기 때문이다.

단연코 대륙에서 가장 **빠른** 새 중 하나다.

지금이야 마법사들의 연구와 마법의 발전으로 인해 좀더 편한 통신구슬이 존재하지만 과거에는 그렇지 못했다.

제국에서 아주 일부의 땅에서 크는 녀석들인데 일단 놈들은 처음에 보는 사람을 각인해 버린다.

부모로 인식해 버리는 거다. 그래서 대륙 끝에 가져다 둬도 그 각인한 사람을 찾아 가버린다. 몸이 작기 때문에 가지고 다니기가 어렵지 않고 쏘닉 버드를 공중에서 낚아채는 건 불가능에 가까우니 아직도 일부에서는 사용하기는 한다.

특히나 통신구슬 같은 경우에는 워낙 전파방해도 심하고, 뛰어난 마법사들의 경우에는 도청까지 가능한 물건이니 만큼 쏘닉 버드를 애용하는 사람은 꾸준히 존재한다.

특히 비밀을 필수로 요구하는 캔슬러 같은 경우라면 쏘닉 버드를 가지고 있는 게 이상하지는 않다.

펜릴은 쏘닉버드에 대해 아는 게 없다.

아니, 그런 게 존재한다고 생각한 적도 없다.

말 그대로 아주 극히 일부 지역에서 볼 수 있는 것들이고 정말 비싸기 때문에 펜릴이 경험을 해본 기억이 없는 거다. 사람만 살려 보내지 않으면 된다는 생각을 했지 설마 품 안에서 새가 날아갈 거라고 생각한 사람이 누가 있겠는가.

펜릴은 애니마의 설명을 듣고 길게 한 숨을 내쉬었다.

"캔슬러의 표적이 됐다는 얘기로 밖에 들리지 않는데요?"

"미안해요, 제가 잡혀 버려서……."

"뭐, 됐어요."

부글부글 끓을 수도 있는 일이지만 온전히 그녀 탓으로 돌릴 수도 없다.

좋든 실든 펜릴은 트론왕을 잡으러 왔고, 그 과정에서 자신도 모르게 트론왕이 거주하고 있는 지역으로 빨려 들어갔다. 그 자격요건을 갖추지 못한 애니마는 안개를 통과하지 못했고 홀로 이 구역에 남았다. 마법사지만, 이 곳에서 만큼은 제대로 된 마법을 사용할 수 없으니 만약 캔슬러들이 아니었으면 그녀는 마수들을 만나 생존하기가 쉽지 않았을 거다. 오히려 그들을 만난 것이 애니마 입장으로써는 좋은 일일 수도 있다.

목숨은 보존했으니 말이다.

뭐, 그리고 원하든 원하지 않던 간에 캔슬러나 제국, 그 외의 국가들이나 링커들의 표적이 될 수 있는 건 당연한 일이다.

펜릴은 3차 각성을 넘어서 4차 각성 문턱에 다다랐다.

팔과 다리, 날개, 그리고 한쪽 눈 까지.

링커들 사이에서는 굉장히 강한 부류에 속한다.

이를 테면 최상위권.

끊임없이 펌프질을 하는 심장의 에너지는 분명히 마나보다는 위력이 다소 떨어질지 몰라도 그 시간만큼은 마나와는 비교 자체가 불가능한 힘이다.

단기전 보다는 장기전에 유리하다는 거다.

한 두명의 상위권 링커로는 이제 펜릴을 잡을 수 없다.

제국이든 캔슬러든 그 누구든 간에 펜릴을 잡기 위해서는 출혈을 감수할 수밖에 없는 상황이 된 거다.

이제 펜릴이라는 존재 자체가 굉장히 부담스럽게 느껴질 것이다.

제국도 언제까지 힘없는 기사들을 투입시킬 수는 없을 거다.

펜릴을 잡기 위해서는 오로지 그 이상의 기사를 데리고 와야 한다.

대륙의 인재들이 모두 제국으로 향한다지만 펜릴을 잡을 만한 카드는 손쉽게 꺼내기 어려울 거다. 캔슬러도 마찬가지다. 뛰어난 링커들을 데리고 있지만, 그 뛰어난 링커들도 펜릴 처럼 3개나 되는 성물을 모으지 못했다.

트론왕의 날개를 가지고 있는 이상 이제 펜릴은 어떠한 마법 공격에도 사실 무적이나 다름이 없다. 물론, 더 뛰어난 아주 뛰어난 전설 속에 등장한다는 드래곤이나 될 법한 놈들이 마법을 사용한다면 어쩔 수 없겠지만 적어도 인간이 사용하는 마법에 대해서는 펜릴은 최고의 방어를 지녔다고 볼 수 있다.

게다가 이젠 하늘을 날아다니는 것 까지 가능하니 어설프게 땅위에서 포위 작전을 펼친다고 잡혀줄 펜릴이 아니다.

'내가 날개를 사용한다는 건 알려졌을 거다. 어쭙잖은 포위 작전은 통하지 않아. 공중전까지 각오한다면 나를 상대할 수 있는 기사는 많지 않아. 링커들도 그렇고.'

하늘을 날아다닌 다는 것은 그래서 링커들에게 있어 최고의 능력이라 치부할 수 있다.

아직 적응이 제대로 되지 않았지만, 적응훈련만 끝마친다면 펜릴은 새 처럼 자유롭게 날 수 있을 거다. 그런 펜릴을 땅 밑으로 끌어내릴 방법은 생각보다 많지 않다. 마법은 통하지 않고 정령이나 망령도 그럴 거다. 활을 맞추긴 쉽지 않을 거고 기사는 하늘을 날지 못하니 실로 까다로운 존재인 거다.

물론, 체력 문제도 있고 잠식 때문에 하늘 보다는 땅에서 생활하는 시간이 길진 하겠지만.

분명한 건 그 시간이 펜릴의 약점이 될 수 있다.

'불사의 초를 얻게 된다면 이런 것들에 겁을 질릴 필요가 없지.'

신체의 모든 부위에 링크를 할 수가 있게 된다.

당장의 앞으로 얻을 크라켄의 쓸개를 얻을 수만 있다면 펜릴은 앞으로 잠식에 대한 걱정을 할 필요가 없어진다.

하루 종일 각성을 하고 있는 상태가 되어도 잠식 따위는 말끔히 없어진다.

라트라여왕이 당장 언제 나타날지도 모르는 상황에서 펜릴이 가장 빨리 찾을 수 있는 건 크라켄의 쓸개뿐이다.

바다속에는 존재하지만 당최 쉽게 찾을 수 없고 가끔 지나가는 선박들을 공격하기도 하는 크라켄은 클리드도 정확한 위치를 찾아 내지 못해 그저 바다 안에 있다고만 표기했다.

필요한 건 '행운'이라고 했는데, 씨스톤도 바다에서 딸랑 2번 본 거 말고는 없었다. 바다에서 사는 마수인 씨스톤이 고작 2번 본 게 다라면 말할 것도 없다.

아무 배나 타고 물 위에 띄워서 크라켄이 나타나길 기도라도 해야 할 판이다.

라트라여왕을 찾고 싶어도 그건 어디쯤에 나타나겠다라는 거주지 자체가 없다. 그냥 한 순간에 어떻게 만들어지는 지도 아무도 모른다.

누군가에게 라트라들의 지도자가 존재하는가?를 물어봤을 때 여왕이 있다고 대답하면 대부분이 놀랄 거다.

대부분은 라트라를 자연재해 쯤으로 여기기도 하고 그들에게 여왕이라는 지도자가 있다는 걸 모르기 때문이다. 다만, 여왕이라는 존재가 없다면 그들이 갑자기 나타나는 것은 설명할 길이 없다.

일단 여왕은 언제 어디서 어떻게 나타날 지 모르니 펜릴의 다음 목표는 자연스럽게 그나마 가능성이 가장 높은 크라켄이다.

무엇보다 펜릴이 무리하게 각인을 하고 있기는 하지만, 당장 1년 뒤나 2년 뒤에 어떻게 되는 게 아니다. 당장 10년 뒤의 미래를 기대할 수는 없지만 아직까지 수명에 관련해서는 큰 문제가 없다.

하루 빨리 해결해야 하는 건 잠식 효과!

단숨에 최상급으로 건너뛰었기 때문에 펜릴은 팔이나 등의 날개 등이 순식간에 잠식 효과로 번졌다.

당장 펜릴을 위협하는 건 아니지만 슬슬 부작용으로 남들 보다 빠른 잠식 효과를 경험하고 있었다. 잠식 효과의 최후가 어떤 결과를 초래하는지 알고 있는 펜릴로써는 하루 빨리 크라켄의 쓸개를 얻을 필요가 있었다.

"어디로 갈 거예요?"

펜릴은 빠르게 백색평야를 벗어났다.

제국이나 캔슬러의 눈을 피하기 위해서는 백색평야에 계속 있는 것도 나쁘진 않겠지만, 그곳은 사람이 살 만한 곳은 절대 아녔다.

"노아해(noah sea)로 갑니다."

노아해는 백색평야에서 가장 가까운 바다고, 실제로 최근 몇 년 사이 크라켄을 목격했다는 증언이 있는 장소이기도 하다.

크라켄은 한 마리가 아니다. 바다 속을 들춰볼 수는 없지만 만약 들춰본다면 상당수가 존재할 거라고 학자들은 얘기한다.

노아해는 바다중에서도 정말 가장 거대한 바다다.

바다의 크기를 정확히 가늠한다는 건 불가능에 가깝지만, 사람들은 과거부터 노아해를 가장 거대하다고 믿었다. 이곳에서 나가면 끝없이 바다밖에 펼쳐지지 않고 대륙에서 멀어지기 때문이다.

씨스톤은 새로운 대륙이 존재한다고 말했다. 그 길이 유일하게 노아해와 연결되어 있다. 물론 지금껏 신대륙을 발견한 자는 없지만.

그리고 펜릴이 노아해로 가는 건, 그 영역은 제국의 영향력이 적기 때문이다.

일단 항구 자체가 제국에 있는 게 아니다. 타국이다. 물론, 제국과 붙어 있어 협력하는 관계이고 동맹 관계이기도 하지만 적어도 제국 보다는 안전하다고 볼 수 있다.

제도와 거리도 멀기 때문에 찾아오는 게 쉽지 않을 거고.

여러 가지 상황을 고려했을 때 노아 해 보다 가깝고 괜찮은 위치는 많지 않았다.

펜릴은 머리를 긁적였다.

제국은 일단 펜릴이 트론왕의 날개를 왜 얻었는 지 모를 거다. 성물에 대해서 아는 것이 없으니까.

노아해로 향하는 이유도 모를 거다.

그 전 처럼 펜릴을 쫓는 다수의 무리는 보기 쉽지 않을 거다. 무엇보다 펜릴은 위력을 증명했으니까.

하지만, 황제는 가만 있지 않을 게 확실하다. 그는 펜릴을 잡고 성물을 알아내고 불사의 존재가 되기 위해 발걸음을 멈추지 않을 거다.

캔슬러 따위는 사실 안중에도 없다.

걱정되는 건 제국 뿐.

캔슬러가 아무리 제국을 귀찮게 구는 링커 집단이라고 해도 소수다. 주변을 계속 앵앵 거리는 파리 한 마리를 손으로 내저으면 끝이라는 얘기다.

괜한 헛손질에 맞지 않으려면 끝까지 제국을 속이고 있는 편이 좋다.

'일단, 노아해로 가서 생각을 하는 게 좋겠어.'

걸어서는 일주일 거리.

펜릴은 느긋하게 움직이기로 마음먹었다.

애니마는 빤히 펜릴을 쳐다보았다.

'분명, 언니와 아는 사이임은 틀림없는데……'

목숨을 걸만한 중요한 일에 아는 사람이라고 덜컥 부탁해서 들어줄 수도 없는 모양새다. 그녀가 생각할 때 펜릴은 세상의 중심을 자기 위주로 살고 있는 사람이다.

자기 멋대로.

'이 사람이 만약 칼을 반대로 쥐게 된다면······.'

펜릴의 끔찍한 힘은 이미 경험했다.

애니마는 곰곰이 생각을 하고 있다가 잠시 펜릴의 곁을 벗어났다. 잠을 자고 있는 지 펜릴의 숨소리는 굉장히 규칙적이었다.

한 참 거리를 벗어난 그녀는 품 안에 있던 쏘닉 버드를 꺼내어 다리에 쪽지를 매달았다. 펜릴 마저도 그녀가 쏘닉 버드를 숨기고 있을 지 상상조차 못하고 있었다.

힘찬 날갯짓과 함께 쏘닉 버드는 하늘 위로 날아가 버렸다.

♦

키에에엑-!

라트라가 울부짖는다.

거대한 라트라의 동체가 갑자기 찢어지더니 그 안에서 사람 한 명이 불쑥 튀어나왔다. 그는 지금 당장이라도 땅에 내려 놓으면 팔짝팔짝 물고기처럼 뛸 것 같은 심장을 손에 쥐었다.

나이는 40대 중후반 정도로 보인다.

"주인님."

옆에 있던 남자가 천을 남자에게 내민다. 남자는 그 심장을 천위로 올려놓더니 천천히 걸어 바위에 앉았다.

올 해만 두 번째 라트라 사냥.

이번이 세 번째 사냥이 될 수 있었는데, 하필이면 선수친 자가 하나 있었다.

라트라 사냥에서 종종 있는 일이기 때문에 그렇게 신경 쓰인 일은 아니었다.

그가 독식하고 있다고 해도 우연히 발견된 것들은 정말 어쩔 수 없는 일이기도 하고 제국의 수도와 가까우면 쉽게 손을 댈 수 있는 게 아니니까.

남자의 이름은 게레로.

캔슬러내에서 주인이라고 불리며, 우두머리.

그리고 초기의 링커 중 한 명이다.

지금은 링커들 중 최강자중 하나로 평가 받는다.

초기의 링커들 중 살아 남은 자는 게레로 말곤 없다. 게레로가 지금껏 살아 있는 이유는 라트라의 심장 때문이다.

"정제해서 잘 보관해."

"알겠습니다, 주인님."

남자는 물러난다.

게레로는 주먹을 가볍게 쥐었다 폈다.

잠식 효과는 없다.

그는 성물 중 하나인 크라켄의 쓸개를 이미 섭취했으니까.

라트라를 잡으며 늘린 수명 때문에 링커들 중에 가장 오래 살고 있다. 또 앞으로도 많은 날이 남아 있기도 하고.

하지만, 더 이상 그는 라트라의 효과를 보지 못한다. 몸에 내성이 생기기 때문에 그가 라트라를 섭취하면 그저 고기 덩어리에 불과하다.

큰 효과를 보기 위해서는 여왕을 붙잡아야 한다.

'여왕이라……'

상념에 빠져있던 그의 옆으로 쏘닉 버드가 날아 든다.

캔슬러에서 운영 중인 모든 쏘닉 버드는 그가 부모로 각인되어 있다. 쏘닉 버드는 뭐가 기분이 좋은 지 게레로의 옆을 빙빙 날았다.

게레로가 손가락을 뻗자 그 위에 고고하게 앉는다.

게레로는 쏘닉 버드의 다리에 매달린 쪽지를 돌돌돌 풀어서 확인했다.

-트론왕 날개, 등장. 트론왕 죽은 것으로 판단. 이미 링크 된 상태. 아이움과 관련이 있는 것 같음.

몬스터 링크

monster link

협정

NEO FANTASY STORY

협정
monster link

게레로는 누군가 알아차리지도 못할 만큼 갈기갈기 찢어서 바닥에 종이를 버렸다.

'아이움…….'

라크가 죽고 나서 신경도 쓰고 있지 않은 곳이다.

남은건 그래봤자 잔당들이다.

어느 세력의 우두머리를 죽이면 한기를 품은 잔당들이 나오기 마련이다. 하지만, 잔당들은 잔당들일 뿐이다. 게레로가 크게 신경 쓰지 않아도 잔당들을 알아서 해체된다.

아이움에게 있어 라크는 강력한 구심점이었다.

그 구심점에 매달리는 사람들은 모두 라크와 관련이 있었다.

라크가 죽자 그 구심점은 사라지고 대부분이 사라졌다.

남을 이유가 없는 거다. 목숨을 걸 이유가 없는 거다. 남을 위해 자신이 무언가 할 필요가 없는 거다. 링커들의 삶은 짧다. 그 삶을 바칠 가치가 있는 가 없는 가에 대한 문제다.

라크가 죽음으로써 내 문제가 남의 문제가 되어 버린 경우다.

게레로는 그런 일을 방지하기 위해 링커들을 라트라의 심장으로 꼬셔왔다. 심장 하나에 수명 십 년이 늘어난다.

관리만 잘 한다면 링커도 충분히 다른 사람들처럼 충분한 삶을 살아갈 수 있게 된 거다.

이건 굉장한 메리트다.

그런데 아무 것도 남지 않은 아이움이 트론왕의 날개를 차지했다?

'어떻게?'

막대한 피해를 입었다.

간신히 크라켄의 쓸개를 얻고 섭취했다.

게레로는 현존하는 링커들 사이에 최강자 중 하나임은 분명하다. 쓸개를 섭취했기 때문에 그는 각성을 하는 데 아무런 문제가 없다. 영혼의 그릇을 그 쓸개가 완벽하게 막아주고 있다. 아무리 각성을 해도 잠식현상을 일어나지 않는다.

하루 종일 각성을 하고 있어도 잠식현상은 없다. 그래서 최강자중 하나로 군림할 수 있다.

그런데 다른 성물 하나인 트론왕의 날개를 쥐도 모르는 사이에 아이움에서 가져갔다고?

트론왕이 백색평야에 살고 있다는 건 추측에 불과하다. 그런데 정말로 그곳에서 얻었다. 몇 년 동안 찾아 헤매도 트론왕을 만나본 적도 없어서 어떻게 얻었는 지도 모른다. 다른 곳이 아닐까 하는 생각은 진작에 했었다.

'내가 모르는 방법이 하나 있었다 이거로군.'

충분히 열 받는 일이다. 하지만, 크게 게의치는 않다.

트론왕의 날개는 결국 각인을 하는 시스템이다.

라트라여왕의 심장, 크라켄의 쓸개, 검은숲의 붉은열매 등등은 각인을 하는 게 아니다. 귀속이 되는 거다. 한 명이 얻으면 그걸로 끝이다.

그런데 다른 두 가지의 성물.

스펙터의 목걸이는 빼앗으면 그만이다. 트론왕의 날개는 죽여버린 뒤에 날개를 꺾어 자신의 날개뼈에 각인시키면 될 일이다.

아이움은 힘이 약하다.

가서 박살을 내버리면 굉장히 쉬운 일이 된다.

하지만, 아이움은 사실 해체 위기를 겪고 산산조각이 나서 뿔뿔이 흩어졌다. 찾고 싶어도 어디있는지 찾을 수가 없다. 지금은 몇몇만 활동한다고 알려져 있을 정도로 형편 없는 곳이 되었다.

게다가 트론왕의 날개는 분명히 최상급의 마수다.

트론왕을 손수 잡았다는 건 제법 힘이 강하다는 얘기다.

'귀찮은 일이로군.'

신경써야 할 문제가 하나 생겼다는 것.

그게 굉장히 짜증스러운 순간이다.

문제는 아이움의 반등이다.

아이움이 트론왕의 날개까지 달아줄 정도의 능력자라면 분명히 귀찮은 존재다. 일단, 아이움에는 구심점이 될 만한 자가 딱히 없었다.

'놈의 딸년인가?'

고개를 내저었다.

제법 능력은 있어 보이지만 링커가 아니다.

링커들의 수장이 링커가 아니면 링커들은 결코 따르지 않는다.

불과 1,2년 만에 갑자기 링커로 성장한다는 건 쉬운 일 도 아니다.

그렇다면 뛰어난 능력자가 생긴 거다. 최근에.

'놈의 수준을 알아낼 필요는 있을 것 같군.'

게레로는 턱을 괴고 검지손가락으로 자신의 머리를 톡 톡 두들겼다. 고민을 하면 나오는 한 가지 습관이었다.

'최근의 황제의 개가 바뀌었던가?'

괜찮은 이야기가 나돌았다.

오르도 자작이 물러나고 그 자리에 새로운 사람이 들어 찼다고.

오르도 자작은 귀찮은 자다. 강하기도 강하지만, 무엇보다 협상 따위가 없다.

캔슬러를 보면 모조리 죽이거나 나포해서 정보를 얻으라고만 한다.

손을 잡으려하지 않는다.

충실한 황제의 개였다.

오로지 한 가지 길만 파는 독종!

'니브아 후작으로 바뀌었다지.'

어떻게 보면 기존에 있던 오르도 보다 더한 독종이다. 황제의 충실하다 못해 완벽한 개.

그런데 그는 호위기사 출신이다.

전쟁의 경험 보다는 오로지 검만 죽어라 팠던 사람이다.

나이는 많아도 그런 사람들은 이치에 어둡다.

게레로든 황제든 일단 원하는 건 결국 서로가 불사의 존재, 아이움이라는 완벽한 물체가 되는 거다.

그 사이에 오르도 자작은 오로지 피와 싸움만이 있었다면 니브아 후작과는 이번에는 각각 필요한 이득을 위해 손을 잡아야 할 때도 있는 법이다.

게레로는 자리를 털고 일어났다.

'내가 가지고 있는 카드는 많다. 그 중 하나만 던져줘도 물어뜯으려 할 테지. 황제의 개는 성과가 필요하다. 난 그 성과를 만족시켜주면 된다.'

게레로가 손짓을 했다.

그러자 사라졌던 남자가 되돌아왔다.

"니브아 후작과 접촉할 방법을 알아봐."

"알겠습니다, 주인님."

남자는 순식간에 사라졌다.

◆

하늘을 나는 또 하나의 쏘닉 버드는 낯선 창문을 두들겼다.

방 안에 있던 여인은 창문을 열고 손가락을 내밀었다.

쏘닉 버드는 손가락 위에 올라가 손등을 자신의 뺨으로 비볐다.

여인은 쏘닉 버드의 다리에 매달린 종이를 풀어 헤쳤다.

천천히 종이를 읽던 여인은 피식 웃음을 지었다.

아름다운 웃음.

그 여인은 바로 티라였다.

"어떤 내용입니까."

티라의 옆에는 항상 잭이 있다. 잭은 오랜만에 티라의 웃음을 보고 종이의 내용이 궁금했다.

"동생이 보낸 거예요."

"애니마요?"

"네. 지금 노아해로 향하고 있다는 군요. 백색평야를 지나서."

"노아해는 제국의 영향이 그렇게 크지 않은 곳입니다. 그곳으로 가서 데리고 오는 게 좋겠군요."

잭의 의견에 티라가 고개를 살짝 끄덕였다.

나이도 어린 애니마가 계속 바깥에서 떠돌아다니는 걸 원하지 않는다. 게다가 그녀는 아이움. 제국이나 캔슬러의 표적이 되고 있지 않은가.

"네, 저도 가는 게 좋겠어요. 이번엔."

"티라님께서 직접 말씀이십니까?"

"네. 제법 흥미로운 이야기가 있어요. 자신과 함께 있는 남자가 백색평야에서 트론왕의 날개를 얻었다는 군요."

지금껏 그 어떤 자들도 트론왕을 본적이 없다. 그런데 트론왕의 날개를 얻었다니.

알만한 자들은 안다. 트론왕의 날개가 5가지 성물의 하나라는 걸.

"엄청난 일이로군요."

"그런데 한 가지 문제가 생겼어요. 그 과정에서 애니마가 캔슬러 일당에게 잡히는 바람에 그가 트론왕의 날개를 가지고 있다는 걸 캔슬러가 알게 되었답니다."

"귀찮은 일이 얽혔군요."

"캔슬러가 가만히 있을 리가 없죠. 반드시 무슨 수를 쓸 거예요. 그 전에 우리가 먼저 가서 그를 포섭해야돼요. 하지 못한다면 최소한 그가 캔슬러에 넘어가는 것 만큼은 방지를 해야겠죠."

중요한 일이다.

포섭에 실패 한다고 하더라도 남자와 안면을 터야 한다.

트론왕의 날개는 언젠가 다시 얻을 수도 있으니까.

어차피 트론들 사이에 또 다시 트론왕은 나타날 거다.

그게 몇 년이 걸릴 지는 아무도 모르는 일이지만.

'뭣하면…….'

날개라도 꺾어와야 한다.

캔슬러나 황제에게 넘어가는 것 만큼은 최악의 경우다.

아이움 전체가 일어나서 움직여야 할 일이 생긴 거다.

'무엇보다…….'

티라는 한 구석 신경 쓰이는 글자가 있었다.

'그 남자의 이름이…….'

펜릴.

분명히 그렇게 적혀 있었다.

흔한 이름은 아니다. 하지만, 뒤집어 보면 그런 이름이
충분히 있을 수 있다.

동명이인?

'넌 아니겠지.'

확인하고 싶다.

티라는 자리에서 일어났다.

◆

노아해까지 가는 길은 순탄하다. 제국과 부딪힐 일도
거의 없고 누군가 쫓는 사람도 없었다. 캔슬러에게 여지
를 남기긴 했지만 그들이 어디로 가는 지 아는 건 아니
다.

'안전해지면 혼자 움직이는 게 좋겠어.'

애니마와 계속 된 동행을 할 필요는 없다. 이곳은 제국
땅이 아니다. 제국의 영향력이 적다. 여기서 헤어지는 게
맞다. 일단 노아해에 인접한 도시가 되면 헤어질 생각이
다.

애니마도 동의했다.

"제가 아는 사람들이 그곳에 올 거예요. 그때까지만 같
이 가요."

펜릴은 고개를 끄덕였다.

그녀가 아는 사람들이라면 '아이움'이라고 알려진 그들일 거다.

펜릴은 피식 웃었다.

아이움의 수장은 라크, 그의 딸 티라다.

라크가 했고 지금은 티라.

그런데 수장이 이곳까지 올 리는 없을 거다.

막연한 기대는 품고 있지만 생각을 쉽게 떨쳐냈다.

이제 그에게 중요한 건 티라 보다도 불사의 초.

아이움이라는 존재가 되는 거다.

'다시 한 번 그 집에서 같이 산다는 건 무리겠지.'

이젠 아련한 추억으로 남은 통나무 집.

아이움이 되고 난 뒤 펜릴의 꿈은 그런 통나무집에서 사는 거다. 완전한 존재도 중요하지만 펜릴의 목적은 어디까지나 이 대륙, 세상이라는 숲에서 살아남는 사냥꾼이 되고 싶을 뿐이다.

'앞으로 두 개다.'

24시간, 링커라는 자각을 하고 있어야 한다.

불사의 존재에 대한 염원을 결국 놓쳐서는 안 된다.

그것을 가로 막는다면 그 뭐든지 박살을 내야 한다.

펜릴을 다시 한 번 다짐하며 주먹을 불끈 쥐었다.

아무도 모르는 사냥꾼에서 링커가 되어 숲을 나올 때만 하더라도 두 가지의 목적이 존재했다. 라크와 티라의 생존, 될 수 있으면 통나무 집으로 데리고 오기. 다른 한 가지는 불사의 존재가 되는 것.

라크는 죽었다지만, 티라가 살아 있다.

그것으로 됐다.

라크의 꿈은 라크의 꿈일 뿐이다. 이젠 펜릴이 자신이 염원하던 꿈을 이뤄낼 시간이다.

노아해까지의 거리는 일주일에 불과했다.

느긋하게 걸어도 일주일.

펜릴은 딱 적정시간 내에 노아해에 가장 인접한 도시인 '네스타'에 도착했다.

제국에 인접해 있기 때문에 제국의 언어나 문자를 사용하고 있고 인종만 다를 뿐, 제국인들이 제법 많이 살고 있다.

과거에는 신대륙을 발견한답 시고 많은 모험가들이 이 도시에 몰려들었지만 한 번의 유행이 지나가고 나니 시들시들해지기도 했다. 그래도 이따금식 새로운 모험가들이 몰려 들어 배를 달고 출항을 하긴 하지만 신대륙을 발견하고 되돌아온 자들은 아무도 없었다.

왕래하는 사람들이 과거에는 많았기 때문에 도시가 제법 많이 발전하기도 했다. 배를 구하려면 돈만 있으면 어렵지 않은 일이다. 하지만, 배를 통째로 구입할 돈이 없는 펜릴로써는 네스타에 도착하고 난 뒤 당장 배를 타는 것보다 정보를 모으는 데 주력했다.

크라켄이라는 마수는 결국 나타났다 하면 사람들의 입방아를 찧을 수밖에 없다.

펜릴은 이런 저런 정보를 모았다.

책이나 멀리서 모으는 정보 보다는 아무래도 바닷가 인근 도시에 크라켄에 대한 정보를 구하는 게 더 신빙성이 있었다.

하지만 그들도 언제 어디에서 크라켄이 나타나는 지에 대해서는 확신이 없었다.

대부분이 크라켄에 배가 공격당하면 살아서 돌아오는 경우가 없기 때문이다.

어중이떠중이들의 소문만으로는 크라켄의 위치나 나타나는 때를 알아낼 방법은 없었다.

네스타에 도착한 지 삼일째.

아무 수확도 없던 펜릴에게 씨스톤이 말을 걸었다.

-방법이 아예 없는 건 아니다.

◆

"방법?"

-크라켄이 지금 당장 저 바닷속에 존재하는지 그건 나도 모른다. 하지만, 막막한 지금 보다는 확률 높은 방법은 있다는 얘기다.

"너도 크라켄을 만나본 건 2번 밖에 없다 하지 않았나."

–그건 말 그대로 오랜 시간 동안 우연히 마주친 것에 불과하다. 뭐, 이게 100퍼센트 성공한다는 보장도 없고 확률로 얘기하자면 지금처럼 한 없이 0에 가까운 불가능한 일보다는 나을 거다.

펜릴은 곰곰이 씨스톤과 이야기를 나누다가 고개를 갸웃했다.

"네놈은 내가 불사의 존재가 되는 걸 원하지 않잖아."

불사의 존재가 된다는 건 펜릴이 자신의 몸을 완벽하게 통제를 한다는 거다. 특히나 이번 크라켄을 잡아 잠식 효과를 없앤다면 씨스톤은 더 이상 펜릴을 구속할 방법이 없다.

씨스톤은 결국 최종목표가 펜릴의 몸을 장악해버리는 거다. 누구보다도 지금 벌벌 떨고 있어야한다는 거다. 그런데 펜릴을 돕겠다니.

뭐 때문인지 몰라도 씨스톤은 최근 며칠 사이 굉장히 조용하기도 했다.

씨스톤 입장에서는 어떻게 보면 굉장히 심난할 수도 있다.

그가 수백년을 살아왔다지만, 펜릴처럼 단기간에 3개의 성물을 얻은 자는 없을 테니까.

펜릴의 목숨이 위험할 때만 돕던 씨스톤의 말은 사실 펜릴로써도 믿기지 않는 거다.

고개를 갸웃하다 못해 못 믿는 표정으로 되물었다.

"내가 널 믿으라는 얘긴가?"

펜릴은 클리드의 말을 기억하고 있다.

언제든지 씨스톤은 펜릴의 몸을 차지하기 위해 호시탐 탐 기회를 노리고 있다는 것을 모를 리가 없다.

-믿건 안 믿건 그건 너의 자유다. 나는 너에게 그나마 나은 방법을 알려주는 것 뿐이고. 적어도 내 말을 들어서 손해 볼 건 없다.

틀린 얘기는 아니다.

적어도 얘기만 들어봐도 나쁜 건 없었다.

물론, 끝까지 크라켄이 나타나지 않는다면 결국은 그 방법을 실행할 수밖에 없겠지만.

'아니지, 아니지. 그럼 저 녀석의 의도대로 움직이는 꼴과 같잖아.'

차라리 아예 방법을 듣지 않는 게 나을 수도 있다.

뭐, 의지와 상관없이 씨스톤이 나불나불 거린다면 펜릴은 들을 수밖에 없지만.

"갑자기 날 도우려는 의도가 뭐야."

-흥. 갑자기가 아니다. 오래전부터 생각하고 있던 것 뿐이다.

"오래 전?"

-마수들의 수명이 몇 년이나 된다고 보나?

딱히 생각해본 적은 없는 것 같다.

흔히 볼 수 있는 '개'라는 동물은 15년을 살아간다고 한다.

일부 동물을 제외하고 인간보다 오래 사는 동물은 사실 쉽게 보기 어렵다.

당장 몬스터 중 오크만 해도 30년 이상 살아가지 못하고 오거나 트롤도 그 이상의 수명을 살기는 어렵다.

ㅡ뭐, 각기 다르긴 하지만 대부분이 짧다. 네놈이 가지고 있는 트론왕이라고 해도 50년 이상이 아니다. 하지만, 나는 수 백년을 살아왔다. 매번 이렇게 몸을 전전하면서 말이다.

씨스톤은 아주 강한 마수다. 누군들 원하지 않는 링커들이 없었을 거다.

ㅡ솔직히 말하면 내가 물 속에서 살았던 인생보다 인간의 어디 한 부분으로 살았던 기억이 더 많을 지도 모른다. 지금도 그러니까. 그러는 과정에서 솔직히 난 각인된 마수로써, 너의 몸을 차지할 이유나 그런 본능 같은 것들이 글쎄.

"……."

ㅡ대화를 할 줄 아는 마수를 본 적이 있나? 혹은 들은 적은 있던가? 난 본능을 이미 잊었다. 내 역할도 잊어 버렸다. 그냥 누군가가 써주면 써주는 대로 살아갔을 뿐이다.

너의 팔을 잠시 차지했던 이유도, 그저 심심풀이일 뿐이다. 난 이미 다른 마수와 달리 자아라는 것을 가지게 되었다. 자아를 가지고 있는 이상 본능을 억누르는 것 쯤은 어려운 일도 아니다.

펜릴은 잠잠히 씨스톤의 말을 들었다.

―지금 이 순간도 너는 안 믿는 것 같지만. 솔직히 인간들에게 아주 감동했다. 너 뿐만 아니라 클리드, 혹은 그 이전의 놈들에게 말이다. 정말 쓸데없는 이유로 목숨을 내던지고 특히나 클리드 같은 경우는 딸을 위해 링커가 되었고 목숨을 내던진 멍청한 놈이었지. 그런데, 웃기는 건 그런 인간들의 행동을 내가 이해를 하기 시작했다는 거다. 오히려 인간이라는 관점에서 생각을 하게 되었지.

"그래서, 그래서 날 돕는다는 거냐?"

―애초부터 네놈의 몸을 뺏을 의도는 없었다. 클리드가 말했지. 내가 아주 악마 같은 녀석이라고. 어떤 점에서 너에게 그런 얘기를 했는지 모르겠지만.

펜릴은 조금은 알 것 같았다.

'이런 사실을 지금 가르쳐 준다는 것만 해도 충분히 악취미다.'

처음부터 호의적으로 나서고 처음부터 펜릴에게 좋게 좋게 나섰다면 지금 보다는 더 좋은 신뢰관계를 쌓았을 거다.

생각해보면 클리드가 씨스톤의 팔을 넘길 때 아무런 대

책도 없이 넘겼을 것 같지는 않았다.

'클리드는 잠식으로 지배되기 직전에 시간을 벌었다. 그리고 마수들과 대화를 나눈다고 했지. 생각해보면 하루라도 빠르게 잠식하려는 마수들이 그와 대화를 나누고 그 시기를 늦춘다는 것 자체가 말도 안돼는 일이었어. 하지만, 씨스톤과 같은 자아를 가지고 있다면 대화는 물론 그런 일이 꼭 불가능한 일만은 아니야.'

씨스톤은 펜릴의 몸 안에 있는 마수들과 대화를 나눌 줄 안다.

펜릴을 대신하여 대화를 나눠주곤 했으니까.

클리드의 몸에 있을 때도 그러했을 거다.

'그래, 얘기라면 충분히 들어줄 수 있다.'

-이제 나 좀 믿을 수 있겠나?

"방법이나 어서 알려줘."

-방법은 너와 클리드가 라트라를 잡을 때와 유사하다.

펜릴은 잠시 생각에 빠져 들었다.

라트라를 잡을 때는 라트라가 좋아하는 것들을 잔뜩 뿌려 놓고 유인을 했었다. 그런데 그때는 그 근처에 라트라가 있다는 확신을 하고 있었기 때문이다.

-마수나 인간이나 동물이나 그냥 크게 보자면 동물에 지나지 않다. 결국은 주거 지역과 식량을 해결할 수 있는 곳에 자리를 잡게 되지. 크라켄은 머리가 좋은 마수는 절

대 아니다. 놈은 수 백년, 수 천년을 인간의 몸에 붙어 있다고 하더라도 절대 나와 같이 말을 배울 순 없을 테니까.

만약 근처에 있다면 충분히 유인이 가능할 수도 있다.

'크라켄을 유인한다니……'

지금껏 인간들은 크라켄을 자연재해라고 생각했다.

솔직히 크라켄을 잡는 사람이 누가 있겠는가.

목숨까지 걸고.

그런데 성물의 정체가 밝혀지면서 크라켄은 링커들에게 분명히 중요한 사냥감이 될 것이다. 아직까지 성물이 모든 이들에게 밝혀지지 않고 그저 일부만 알고 있는 정보기 때문에 크라켄을 잡는 방법은 그저 나타나기만 고수하는 것 뿐이었다.

하지만 씨스톤의 말대로 크라켄을 유인하는 것이 충분히 가능할 수도 있다.

"놈이 뭘 좋아하는데?"

-놈의 주식은 어차피 바다에서 사는 생물들이다. 하지만, 크라켄들이 왜 인간들의 배를 공격할까?

"영역에 들어온 인간을 공격하는 건 모든 마수들의 특징 아닌가?"

-크라켄의 영역은 얕은 바다가 아니다. 심해다. 저 바다 속 깊은 곳의 빛 한 점 제대로 들어오지 않는 그런 심해. 애초부터 물 위에 떠있는 배는 크라켄의 영역과는 전혀 거

리가 멀다.

"그럼?"

–크라켄은 별미를 맛보고 싶은 거다. 수 백년 전 우연히 공격한 인간들의 배에서 놀라운 것들 발견했기 때문이지.

"그게 뭔데?"

–인간, 그 자체다.

"……."

씨스톤은 담담하게 말을 이었다.

–인간들은 이상하게 착각을 한 가지 하고 있다. 대륙의 지배자가 자신들이라는 것. 물론, 부정하고 싶지는 않다. 그건 사실이니까. 하지만, 지배자들이 되었다고 신이 정한 먹이 사슬에서 자유로운 건 아니다. 인간 또한 신이 정한 먹이사슬의 일부에 불과하다. 바다는 인간의 지배하에 있는 것이 아니다. 크라켄 같은 마수의 입장에서 육지의 동물을 맛볼 기회는 많지 않겠지. 이러나 저러나 심해에 사는 마수니까. 인간은 바다에서 맛볼 수 있는 최고의 육지 동물이다.

크라켄은 바다의 지배자다. 뭐든지 먹고 싶다면 맛볼 수 있었을 거다. 그런데 육지 위로 올라올 수는 없다. 이러나 저러나 바다 생물인 크라켄이 육지에서 살기 위해서는 공기를 호흡할 수 있어야 하는 데, 크라켄이 육지에서 버틸 수 있는 시간은 10분을 채 넘기지 못하니까.

그러다 우연히 발견한 배에서 인간을 발견했을 때, 호기심에 빠졌을 거다. 그리고 먹어 본 인간은 분명히 바다에서 맛보던 것들과는 다른 것일 테니까.

일종의 새로운 경험이었을 거다.

-바다에 수 십, 수 백명을 배로 띄운 뒤에 태워서 가라. 그리고 일정 거리마다 인간들을 하나씩 떨어뜨리면 크라켄이 올라올 거다. 이 바다에 있다면 말이다.

말은 쉽지만 섬뜩한 얘기다.

불사의 존재가 되자고 수 십, 수백명에 해당하는 인간들을 위험에 빠뜨리는 행동이다.

유일한 방법인 건 맞을 거다.

'그런데 그 방법이라는 것이 조금……'

마음에 걸리는 것 뿐이다.

"젠장, 게다가 무슨 수로 인간을 수 백명씩이나 배로 띄워."

인간을 가장 손쉽게 구할 수 있는 방법은 돈이다.

그런데 펜릴은 그런 엄청난 돈이 있을 리가 없다.

뭣보다 그런 방법이 마음에 내키지 않는 것은 당연한 일이다.

-방법은 네가 생각하고 선택해야 할 일이다. 내가 일러준 충고는 이것뿐이다.

이 이상 방법을 물어보는 것도 웃긴 일이다.

펜릴은 제자리에 앉아서 방법을 고민해봤다.

─답례라 하긴 뭣하지만, 부탁을 한 가지 들어줬으면 좋겠다.

"뭔데?"

─네가 불사의 존재가 된다면 어차피 주술의 악마와 상관없이 링크가 가능해진다. 어쩌면 날 떼어내는 역할 까지 가능할 수도 있다.

"그래서?"

─수 백년을 살았지만 죽음에 대해서 딱히 생각해 본적은 없었다. 하지만, 클리드의 마지막을 보니 그렇게 슬퍼 보이지는 않더군. 가능하면 바닷가에 날 떼어줬으면 좋겠다. 내 마지막은 내가 결정하고 싶다.

씨스톤이 없으면 펜릴의 팔은 약해질 거다. 물론, 새로운 걸 링크하면 되겠지만 씨스톤만한 팔을 구하는 건 쉽지 않다. 아이움이 되고 나서도 말이다. 각성을 무한대로 할수 있다고 저절로 최상급 이상의 마수가 구해지는 건 아니니까.

바닷물만 닿는다면 몸이 치료를 하는 신기한 능력도 사라질 거다. 무엇보다 대화를 나누던 상대가 사라지는 거다. 허전한 감정은 분명히 남을 수밖에 없을 거다.

'어차피 불사의 초만 구한다면 다른 건 볼 일 없어. 그냥 숲에 가서 살고 싶을 뿐이야.'

펜릴이 가장 먼저 하고 싶은 건 통나무 집을 짓는 거다.
그리고 적당한 활과 적당한 화살을 구하여 오전에는 약초
를 구하고 낮에는 사냥을 나설 거다. 저녁이 오면 집에 들
어와 씻고 침대 위에 뻗어서 푸욱 쉬고 싶다.

펜릴이 그리는 미래는 멀지 않았다. 앞으로 두 발자국만
디딘다면 어려운 일이 아니다.

펜릴은 피식 웃었다.

그렇게 된다면 씨스톤을 놓아주는 건 어려운 일도 아니다.

"고려해보지."

펜릴은 긍정도 부정도 아닌 애매모호한 대답을 내렸다.

하지만, 씨스톤은 다른 말을 했다.

—고맙다.

◆

캔슬러의 수장, 게레로는 선뜻 움직이지 않는다.

누군가 먼저 움직여주길 바랄 뿐이다.

물론, 그 대상은 정해져 있다.

"티라를 찾았습니다."

게레로는 피식 웃었다.

"아무리 찾아도 보이지 않던 계집이 제국 정보망에는
쉽게 걸려드는 군."

"니브아 후작이 그렇게 쉽게 움직여 줄 줄 몰랐습니다."

"황제는 진척 없는 제국의 수사망에 짜증이 나있다. 정보도 제대로 가동되지 않고 있고. 일부 성물의 정보를 넘기고, 나는 아이움이 가지고 있는 트론왕의 날개를 가지고. 서로 윈윈하자는 거지."

크라켄의 쓸개에 대한 정보.

라트라여왕의 심장에 대한 정보.

스펙터 목걸이에 대한 정보.

성물은 어차피 5가지다. 이 중 3가지에 대한 정보를 넘겨 주었다. 제국은 성물을 제대로 알지 못한다. 쓰임새까지 가르쳐 주었다. 효능까지 가르쳐 주었다.

니브아 후작은 그 정보를 받고 아이움 퇴치를 받아 들였다.

게레로는 손 안대고 코푸는 격이다.

더 이상 캔슬러의 링커들 숫자를 쓸데없는 사건이나 싸움으로 줄일 수는 없었다.

크라켄의 쓸개는 이미 게레로는 가지고 있다. 그 정도 정보는 넘겨도 괜찮다. 라트라여왕의 심장에 대한 정보는 어차피 라트라여왕의 등장이 언제, 어디서 나타날지 모르는 제국으로써는 난감할 수밖에 없는 정보다. 스펙터의 목걸이는 이번에 구하지 못한다 하더라도 그건 언제 어디서든 다시 구할 수 있다.

가장 난이도가 낮은 성물이니까.

어쩌면 아이움과 관련이 있다는 그 놈이 트론왕의 날개 뿐만 아니라 여러 가지 성물을 가지고 있을 가능성은 농후하다.

어느정도 게레로도 성물간의 상관관계가 있어 그 관계를 통해야 쉽게 성물을 얻을 수 있다는 걸 추측하고 있었기 때문이다.

'놈만, 놈만 잡는다면 다른 건 어차피 쉬운 거야.'

게레로는 자리를 털고 일어났다.

"니브아 후작에게 연락해서 티라를 쫓으라고 해. 결국 그년이 어디로 움직인다면 분명히 그 끝에는 놈이 기다리고 있을 테니까."

"알겠습니다."

◆

펜릴은 이제 트론왕의 날개를 자유자재로 사용할 수 있게 되었다. 전투에까지 사용할 수 있을 지는 두고 봐야 하겠지만 마치 새들처럼 빠른 방향전환이나 체중이동은 쉽게 이뤄졌다.

그러면서 중간중간 바다로 나가 연안을 날아다니면서 살펴봤다.

아름답기만 한 푸른 바다 속에 크라켄이 있다곤 하지만, 도저히 녀석들을 어떻게 찾아야 할지 감이 잡히지 않는다.

낚시대의 미끼처럼 바다를 몇 번 왔다 갔다 하면서 움직여도 보았지만 연안에서 크라켄이 나타날 리가 없다.

펜릴은 문득 씨스톤을 한 번 쳐다보았다.

'이 녀석……'

펜릴에게 조언을 해준 뒤로는 되게 조용해졌다.

그냥 녀석은 펜릴이 어떤 선택을 하는지 지켜보고 있는 것만 같았다.

마땅한 조언을 얻었다고 한들, 펜릴은 사실 그걸 실현시킬 만한 방법이 없었다.

펜릴은 해안가에 조용히 앉아 있는 애니마를 바라보았다.

그녀는 펜릴을 발견하고는 입을 먼저 열었다.

"곧 떠날 것 같아요."

펜릴은 고개를 끄덕였다.

그녀와의 동행은 어차피 여기까지였다.

딱히 아쉬운 감정은 없었다. 애니마와 교감이라고 할 게 딱히 생각나는 건 없었다. 하지만, 그녀가 떠나면 펜릴과 티라 사이를 이어주는 유일한 다리가 사라지는 거다.

펜릴은 그녀가 살아 있는 걸 이제 알았다. 하지만, 그녀를 찾아가고 싶은 생각은 없다.

'기회가 되면 만날지도 모르겠지만.'

그녀에게는 그녀의 일이 있고, 펜릴에게는 펜릴의 일이 있다.

그녀 때문에 이 험난한 세상으로 나왔지만 이제는 그녀와 상관 없이 이건 펜릴의 인생이 되었고 펜릴의 삶의 일부가 되었다.

'링커가 된 것?'

딱히 후회스러운 감정은 없다.

펜릴은 피식 웃음이 나왔다.

'오히려 난 그 통나무집에서 나오고 싶어 했던 걸지도 모르겠어. 티라를 찾는 건 그럴 듯한 핑계고.'

그녀와의 인연은 고작 반년.

펜릴의 인생에서 보면 아주 단편적인 기억들일 뿐이다.

이제와서 그녀는 펜릴을 기억하지 못할 지도 모른다는 생각도 든다.

펜릴은.

'외로웠다.'

부모를 어릴 때 잃었다. 부모의 얼굴도 제대로 기억나지 않는다. 가끔씩 이름조차도 까먹을 때가 있다. 그만큼 아련한 아주 어렸을 때의 기억이다. 그 기억보다는 영감과의 기억, 라크와 티라. 그리고 통나무집을 몇 년 동안 지키며 살았던 추억속에서 펜릴은 외로움을 느꼈다. 그 외로움의 갈증을 해소하고자 스스로 그럴듯한 핑계를 만들고 세상으로 나왔다.

링커가 되었으니 중간에 포기를 할 수도 없었다.

포기를 하는 순간 남은 삶이, 투자한 것들이 모두 아까웠으니까.

'충분히 즐겁다.'

즐거웠다고 말하고 싶다.

불사의 존재가 되면 통나무 집으로 돌아간다고 말했다.

돌아갈 거다. 그곳에서 살아갈 거다. 하지만, 그곳에서 얼마나 살 수 있을 지 모르겠다. 펜릴은 또 다시 바깥으로 나올 지도 모른다.

이미 산속에서 살아가기에 펜릴은 바깥에서의 치열한 삶에 매료되었다.

참으로 우습게도 그런 일상이 재밌다.

하루하루가 정말 바쁘게 지나가는 것만 같다.

잠을 자는 것 조차도 아깝다.

티라는 펜릴이 이 세상으로 나오는 데 변명거리가 되어주었다. 라크는 펜릴이 링커로 성장하는 데 있어서 한가지의 목표로 위치해주었다.

"이젠 아프지마요."

펜릴은 애니마의 머리를 쓰다듬었다.

애니마는 풋! 하고 웃음을 터트렸다.

"무겁진 않았죠?"

펜릴이 애니마가 열로 고생할 때 업고 다녔던 것을 생각해냈다.

"뭐, 그럭저럭."

애매모호한 대답에도 애니마의 웃음은 지워지지 않았다.

펜릴은 그 이후로 애니마와 며칠을 더 지냈다.

그 사이 펜릴은 뜬구름잡기 식이라도 크라켄이 발견됐다고 소문이 난 해역을 조사하고 다녔다. 배를 살 순 없으니 삯을 주고 바다를 돌아다니기도 했다.

그 며칠간 애니마와 펜릴은 지금까지 지냈던 것 보다 훨씬 가까워졌다. 그럴수록 애니마는 떠날 날이 가까워졌다.

마지막으로 애니마와 식사를 마친 펜릴은 건물의 옥상으로 올라가 팔짱을 낀 채 누웠다.

'애니마는 티라와 아는 사이다.'

어쩌면 티라에게 애니마가 전달한 정보에 펜릴에 대한 것이 적혀 있을 지도 모른다. 이름이라도 적혀 있다면 그녀는 어쩌면 알 수 있을 지도 모른다.

'내일 그녀는 올까?'

신경쓰지 않으려고 해도 계속 신경이 쓰인다.

펜릴은 자신의 허리를 긁었다.

팬텀 라지아의 잠식이 허리까지 올라왔다.

씨스톤의 잠식은 가슴까지 잡아 먹었다.

이미 몸 전체는 펜릴이 손톱으로 긁은 흔적으로 가득하다. 피가 맺히고, 그 피는 딱지를 만든다. 펜릴의 몸을 보면 누가 할퀴기라도 한 것 처럼 상처투성이다.

펜릴의 자아를 뺏고 싶지 않다고 한 씨스톤.

하지만 그의 의지와는 상관 없이 잠식은 진행된다.

씨스톤의 부탁을 들어 주려해도 펜릴이 불사의 존재가 되지 않는다면 불가능한 일이다.

크라켄의 쓸개를 얻고 라트라 여왕의 심장이 없다면 펜릴은 주술의 악마로부터 벗어날 수 없다.

아직까지는 그의 관할에 있는 한 링커에 불과하니까.

펜릴에게 현재 중요한건 크라켄의 쓸개를 얻을 방법이다.

'젠장……'

조금은 친해진 애니마가 떠나는 건 아쉬운 일이다.

그런데 그녀가 떠나면 티라가 나타날지도 모른다.

펜릴은 눈을 살짝 감았다.

가슴은 어서 애니마가 떠나는 순간이 왔으면 좋겠다고 말했다.

"잠시 후 네스타 시티입니다."

잭의 말에 눈을 뜬 티라는 주위를 둘러보았다.

"이곳에 애니마가 있겠군요."

"그렇습니다."

애니마는 트론왕의 날개를 가진, 펜릴이라는 남자와 같이 있다.

'펜릴…….'

너무도 익숙한 이름.

한편으론 그립기도 하고, 미안하기도 한 이름.

'그럴리는 없겠지만.'

일게 사냥꾼에 불과했다. 아빠가 전해준 마나연공법이 있긴 했지만, 그건 상급. 최상급도 아니고 그냥 상급. 괜찮은 용병, 좋은 기사가 될 수는 있을 지 몰라도 링커와는 전혀 다르다.

무엇보다 링커가 되는 법도 모르는 시골 촌뜨기 아니었던가.

'애니마와 같이 있다는 걸 보면 캔슬러나 제국에 어떻게 된 건 아니라는 소리지.'

티라는 조용히 잭을 불렀다.

"잭."

"예."

"잭은 우리들 중에 가장 강하죠?"

라크가 죽을 때, 라크는 잭에게 자리를 물려주고 싶어했다.

거절했던 건 잭이다.

잭은 라크에게 목숨으로 진 빚이 있다. 그것 때문에 아이움에 아직도 얽혀있다.

잭은 믿을만한 남자다. 하지만, 그것 뿐만 아니라 정말 강한 링커다.

문신의 개수를 보면 안다.

팔과 다리, 그리고 눈.

3차 각성 링커다.

"예."

잭은 스스로를 낮출 줄 안다.

하지만, 이번만큼은 고개를 끄덕인다.

우리들 중에 가장 강하다는 건 잭이 아이움에서 가장 강한 남자라는 거다.

하지만, 그는 불사의 존재가 될만한 자격은 없다.

성물을 알아도 모을 생각도 없고 불사의 존재가 되는 걸 자신은 원하지 않는다고 했다.

그저 라크가 구해준 빚을 갚는 게 다라고 할 뿐.

"그 남자와 싸운다면 이길 수 있을까요?"

그 남자라는 건, '펜릴'을 얘기하는 거다.

스스로가 가장 강하다고 한 잭이 이번에는 고개를 내저었다.

"무력에서는 별 반 차이가 나지 않을 수도 있습니다. 하지만, 그는 강력한 무기들을 여럿 가지고 있을 가능성이 큽니다."

"무기요?"

"트론왕의 날개라는 성물을 쥐고 있습니다. 그는 성물의 정체를 알고 있는 잡니다. 트론왕의 날개 뿐만 아니라 붉은 열매를 가지고 있다면 쉽지 않을 겁니다."

5가지 성물 중에서 도움이 되는 건 3가지다.

붉은 열매의 끝없는 에너지.

트론왕의 날개의 창공 능력과 항마력.

크라켄의 쓸개의 모든 잠식 효과 면역.

일단 크라켄의 쓸개는 없다고 생각한다면 두 가지를 가지고 있을 가능성이 크다. 그렇다면 순순히 가지고 있는 잭의 마수들 보다 펜릴이 앞설 수 있을 가능성이 있다. 무기가 많다는 건 그만큼 많은 변수를 만들어낼 수 있다는 거고 경우의 수가 많다는 건 그만큼 승리할 확률이 높다는 거다.

"다만, 목숨을 건다면 그 남자와 같이 가는 건 가능할 겁니다."

"그 남자가 중요하긴 하지만, 잭을 잃을 수는 없어요. 일단 설득시켜보고 안된 다면 먼저 공격을 해야겠군요."

티라의 의견에 잭이 고개를 끄덕였다.

반드시 진다는 건 아니다.

그만큼 변수가 많다는 거니까.

마수들 간에도 상성이라는 것이 존재한다.

링커들이랍시고 항상 최전선에서 싸우는 존재는 아니다.

링커들은 아주 다양 각색하니까.

어떤 링커들은 검을 사용하기도 하고, 어떤 링커들은 마수의 폭발적인 에너지나 근력을 이용한 주먹 공격에 치중하는 사람도 있다. 어떤 링커들은 활을 사용하는 자들도 있다. 혹은 장거리 공격에 최적화 된 마수를 이용하여 인간이 사용하는 무기가 아닌 마수 고유의 기술을 사용하기도 한다.

그런 점에서 볼 때 같은 링커들이라고 해도 상성들이 분명히 존재한다.

무적은 없다.

결국은 누구든 간에 어떤 상성이 존재하니까.

그때, 갑자기 잭이 자리에서 일어났다.

"뭐예요?"

티라의 질문에 잭의 눈이 변했다.

마수, 마수의 눈이다.

순식간에 눈을 각성시킨 이유는.

"누군가 이곳을 쳐다보고 있습니다."

monster link

몬스터 링크

재회

NEO FANTASY STORY

재회
monster link

잭은 허튼 소리를 하는 사람이 아니다.

티라는 긴장한 얼굴로 주위를 살짝 바라보았다.

"아무도 없는 데요?"

"거리가 상당히 멉니다. 눈치 챌 것 같습니다. 그냥 평소대로 행동해 주십쇼."

잭은 그러면서 마차의 창문을 닫았다.

"아, 알겠어요."

잭의 눈동자가 밝게 빛난다.

그의 눈동자의 비밀은 '천리안' 이다. 천리에 위치한 모든 걸 바라보는 건 아니지만 반경 1km지점의 모든 것들을 바라볼 수 있다.

마차의 문을 닫아 놨다고 해도 그만큼은 자유롭게 주변을 살펴볼 수 있다.

'지금까지는 어떤 것도 없었다. 그런데 지금 갑자기 모습을 드러낸 이유는 뭐지.'

잭의 등가에 땀이 흘러 내렸다.

주먹을 꽈악 쥐고 입술을 깨물었다.

"무, 무슨 일인가요?"

"놈들이 아무래도 제 능력을 아는 것 같습니다."

"잭의 능력이요?"

"제 눈 말입니다. 추측이긴 하지만 이전부터 저희를 쫓아오다가 이번에 모습을 드러낸 것 같습니다."

"잭의 능력을 안다고요? 아는 자들은 우리랑 싸웠던 캔슬러 밖에 없을 텐데……."

티라가 엉덩이를 의자 뒤에 붙였다.

"캔슬러라는 말씀이에요? 캔슬러의 정보망으로는 우리의 위치를 알아낼 수 없어요."

"캔슬러와 관련이 있는 건 맞습니다. 하지만, 어떤 이들인지는 정확히 모르겠습니다. 캔슬러 일수도 있고 아닐 수도 있고. 관련이 있는 건 확실한 것 같습니다."

"어째서, 어째서 갑자기 지금 나타난 거죠?"

"아무래도……."

이유는 뻔하다.

캔슬러든 아니든 간에, 위치를 알고 있고 자신들의 기척을 숨길만한 강자들이 은밀하게 쫓아왔다. 당장 급습할 이유가 없던 거다. 그런데 지금 모습을 드러냈다는 건 그 이유가 생겨났다는 건데, 그 이유 중 하나는 마차 앞을 가로막은 자들.

'애니마……'

단순히, 애니마 뿐만이 아니다.

애니마 옆에는 이상한 남자가 하나 서있다.

것도 굉장히 젊은 남자가.

애니마가 쏘닉 버드로 보내온 편지에 의하면 그의 이름은 '펜릴'.

트론왕의 날개를 가진 그자다.

'저 남자를 노리는 건 우리뿐만이 아니었군.'

캔슬러를 붙잡는 과정에서 쏘닉 버드가 날아가는 걸 막지 못했다. 어떻게 보면 당연한 일이다. 그런데 그 당연한 일을 앞뒤 보지 않고 달리는 바람에 알아차리지 못했다.

캔슬러든 아니든 간에 일단 저 남자가 접촉하기를 바랐던 것 같다.

"대비를 하는 게 좋을 것 같습니다."

잭은 입술을 살짝 깨물었다.

'상대방의 숫자는 30명. 드러난 자들만 숫자가 30명이다. 전력을 다해 공격하지 않는다면 아직도 많은 수의 자

들이 존재하겠지. 무력 수준은……'

링커들은 없는 것 같다.

몸이나 얼굴을 드러낸 자들은 없지만 달려오는 속도가 일반인의 속도와는 견주기도 힘들 정도로 빠르다.

그렇다고 각성을 한 상태는 아니다.

전부가 마나를 이용하여 달리는 거다.

마나만으로 상당한 빠르기.

'최소, 초인급이다.'

침을 꼴깍 삼킨다.

인간의 경지를 넘은 초인들의 숫자가 30명이나 있다.

그런데 그런 자들이 또 얼마나 더 있을지 모르겠다.

저런 초인을 보유한 곳은 여러 곳이 떠오른다. 하지만, 트론왕의 날개를 가진 남자를 노린다. 굉장히 불사의 존재에 관심이 많다는 걸로 보인다.

그가 알기로 그런 사람은 딱 하나다.

'이 일에 제국이 관련이 있구나!'

머릿속에 그림이 그려진다.

지금까지 캔슬러는 아이움의 위치를 알아내지 못했다. 아니, 특별하게 관심도 없었다. 그런데 트론왕의 날개를 가진 주인이 등장하면서 판국이 변하기 시작했다.

성물도 모르던 제국이 트론왕의 날개를 가진 남자의 등장으로 손을 뻗어 온다.

이건.

'캔슬러와 제국이 담합을 했구나!'

이렇게 밖에 떠올리지 못한다.

지금까지 캔슬러와 제국이 대립각을 세웠기 때문에 아이움은 살아남을 수 있었다. 하지만 담합을 맺고 제국과 캔슬러가 하나를 죽이자고 마음먹는 다면 쉽게 살아남을 수 없다.

지금까지 아이움은 라크라는 절대적인 지지자를 기반으로 세력을 만들어 나갔지만 그의 죽음 이후 아이움은 철저하게 불사의 초를 향한 레이스에서 철저하게 외면되었다.

하지만 애니마와 함께 등장한 남자.

펜릴의 등장으로 그들은 아이움이 누구보다 앞선 레이스의 선두주자라고 착각을 하게 만든 거다.

애니마와 함께 있었다는 그 이유만으로.

애니마는 얼굴이 알려진 아이움의 마법사.

그렇다면 그녀와 동행하는 펜릴은 당연히 '아이움' 소속이 되어버린 거다.

참으로 난감한 상황이 되어 버린 건데, 이걸 그렇다고 제국이나 캔슬러에 대놓고 변명을 하기도 그렇다.

"잭……."

티라는 불안한 눈빛으로 잭을 바라보았다.

잭은 티라의 어깨에 손을 올렸다.

"무슨 일이 있더라도 티라님은 안전하게 모시겠습니다."

"그게 무슨⋯⋯."

"라크씨의 빚, 오늘 갚도록 하겠습니다."

잭은 마차의 문을 벌컥 열었다.

달리는 마차의 지붕으로 올라간 잭이 팔과 다리를 순식간에 각성 시켜버렸다.

'초인들의 숫자는 서른 명. 나머지 숫자는 미지수다.'

그에 반해 아이움의 링커들은 기껏해야 숫자가 열 다섯에 지나지 않다.

초인들과 격돌한다면 링커들도 쉽게 살아남지 못한다.

기사를 이기기는 하나, 초인은 일반 기사의 수준을 뛰어넘은 자들.

잭은 피식 웃었다.

'내가 죽는 건 두렵지 않다. 어차피 링커는 죽음을 목전에 둔 자들. 하지만⋯⋯.'

티라를 살짝 쳐다본다.

그녀가 죽는 건 두렵다.

본인의 죽음이 허튼 죽음이 될 것 같다. 그래서 두렵다.

그런데 웃음이 나온다.

'그나마 이길 수 있는 방법이라면.'

잭의 팔이 길게 늘어진다.

마차의 지붕에 서있는 그가 팔을 늘어뜨리자 마치 바닥까지 닿을 것만 같다.

그가 팔을 뒤로 당겼다가 앞으로 뻗었다.

그러자 무언가가 빠르게 날아간다.

화살보다도 빠르다.

바로 앞에서 쏜 쿼렐 보다도 비교가 되지 않을 만큼의 빠르기다.

그가 가지고 있는 마수의 팔은, 최상급 마수 중 하나인.

'스몰 데빌'의 팔.

스몰 데빌은 최상급 마수로 분류되고 있기는 하지만, 유일하게 인간계에서 살 수 있는 마족이다.

키는 1미터도 되지 않을 만큼 작지만 팔이 3미터까지 늘어난다. 그래서 근접전을 하는 것도 무리가 아니고 무엇보다 팔에 저장한 마기를 통해 기력탄을 발생시키는 엄청난 기술을 보인다.

인간은 마기를 저장하지 못하기 때문에 마나를 대용으로 쓴다. 위력은 조금 떨어질지 몰라도, 본 적 없는 사람들은 당할 수밖에 없다.

잭은 그래서 암살임무를 맡으면 한 번도 실패를 한 적이 없다.

천리안으로 그자의 위치를 파악하고, 기력탄을 쏘아 단숨에 즉사 시킨다.

그리고, 놀라운 건.

초인도 피하지 못한다는 거다.

콰아앙!

잭이 쏘아낸 기력탄에 나무가 뻥하니 뚫렸다.

"커억!"

턱!

남자 하나가 바닥에 떨어진다.

달려오던 30명의 초인들이 일제히 움직임을 멈추고 뒤를 바라본다.

남자의 머리통이 날아갔다.

것도, 초인의 머리통이.

그러면서 다시 앞을 쳐다보았다.

잭은 다시 팔을 뒤로 장전시켰다.

'선제공격뿐이다!'

◆

"으아악!"

비명이 난무했다.

한 명이 죽자 초인들은 경계했다.

그러자 잭이 맞추기가 쉽지 않아졌다.

그럼에도 불구하고 그들이 당도하기전에 무려 3명이나

되는 초인이 나무에 떨어져 그대로 즉사했다.

단순히 나무에서 거꾸로 떨어진다고 해도 초인들은 쉽사리 죽지 않는다.

마나의 보호를 받기 때문이다.

그럼에도 불구하고 그들이 죽은 건 그만큼 기력탄의 힘이 강력했다는 거다.

이민족과의 전쟁 경험이 많은 기사들 조차 스몰 데빌은 잘 알지 못한다.

그래서 대비하는 게 쉽지가 않았다.

움직임이 아무리 빠르다고 한 들, 인간의 몸으로 화살보다 빠르게 움직일 수는 없다. 하지만 기력탄은 화살 보다 배는 빠르게 움직인다.

그래서 예측하고 피해야 한다.

예측을 하지 못하면 죽을 뿐이다.

'저 놈부터 죽여.'

초인들은 죄다 잭에게 달려들었다.

잭은 팔의 크기를 2미터까지 줄였다.

그 이상 길면 안으로 파고들었을 때, 공격을 당하기 쉽다.

잭을 공격하려 들자 근처에 있던 링커들이 득달 같이 달려 들었다.

링커들과 초인들간에 싸움이 벌어졌다.

링커들은 지키기 위해, 초인들은 죽이기 위해.

잭을 쫓던 초인들은 검을 뻗었다.

그런데 그 자리에 있던 잭이 순식간에 사라졌다.

잭은 그들의 뒤에 나타나 팔을 휘둘렀다.

콰콰쾅!

팔을 휘두를 때 마다 폭발이 일어났다.

기력탄과 같은 힘이다.

폭발이 일어나자 초인들이 즉사했다.

초인들은 잭의 뒤를 공격했다.

소용 없다. 잭은 천리안을 가졌다. 뒤에서 오는 움직임 따위는 충분히 알아차릴 수 있다. 잭은 그 자리를 빠져 나갔다.

놀랍다. 검보다도 빠르게 움직인다니.

초인들은 눈을 동그랗게 뜨고 잭을 바라보았다.

아니, 그의 움직임 보다는 그의 하체에 집중했다.

인간의 다리가 아니다. 허벅지가 인간의 몸 보다도 두껍다.

그런 허벅지가 왼쪽과 오른쪽 양쪽에 달려 있고 두꺼운 비늘에 감싸여 있다. 웬만한 검은 파고들지도 못한다. 발가락은 3개 뿐이다. 그런데 발목힘이 굉장히 좋아 보인다.

스몰 데빌을 모르던 초인들도 저 다리는 알고 있다.

'랩터.'

최고의 다리다.

잭은 팔을 휘둘렀다.

휘두를 때 마다 펑펑! 하고 터져 나갔다.

초인들은 혼비백산했다.

명색에 초인들이, 잭의 공격에 당해버리는 거다.

잭은 강하다. 정말 강하다.

진정한 3차 각성 링커의 힘.

라크가 자신의 후계자로 지목했던 자의 힘 다웠다.

하지만, 잭의 체력은 눈에 띄게 줄었다.

마나는 순식간에 텅 비어 버렸다.

그래도 내색하지 않았다.

기력탄이라는 것은 결국 그 마나의 힘이 중요하다.

그런데 링커들은 기사들 보다 마나연공법에 치중하지 않는다.

마나가 그들보다 적을 수밖에 없다.

초인도 아닌 이상에야.

마나의 질이나 양으로 따지면 기사들이 많다.

초인들이 점차 대응법을 알았다.

잭을 상대하는 게 아니라 나머지 링커들을 죽이기 시작했다.

잭을 돕는 링커들이 하나 둘 쓰러져 나간다.

잭은 어금니를 꽉 깨물었다.

링커들은 어차피 허수아비들에 불과하다.

티라를 지키기 위해서는 자신이 가장 오래 동안 생존해야 한다는 걸 잭은 알고 있다.

아이움을 세울 때 많은 강자들이 몰려 들었다. 라크가 죽은 뒤 그들이 떠났다. 남은 자들은 사실 어디 갈 곳 없는 어중이떠중이들이다.

잭에 힘에 비교할 곳이 없다.

그들이 죽음으로 시간을 벌 때 잭은 하나라도 더 죽였다.

초인들의 숫자가 눈에 띄게 줄었다.

초인들이 링커를 죽이는 것 보다 잭이 초인들을 죽이는 속도가 더 빨랐다.

링커들 넷이 죽었다. 초인들 열 다섯이 순식간에 도륙되었다. 링커들이 합심해서 초인 몇을 죽였다.

죽여도, 죽여도 끝이 없다고 생각했는 데 순식간에 초인들은 한 자리 수가 되었다.

잭은 무자비했다.

남은 마나를 모조리 써서 그 초인들의 목을 단숨에 날려 버렸다.

퍼퍼펑!

마지막 초인이 죽자 잭은 허리에 경련이라도 일으키는 듯 자리에 주저앉았다.

그리고 거칠게 숨을 몰아쉬었다.

"허억, 허억! '

마차 안에 있던 티라가 뛰쳐 나왔다.

"잭! 괜찮아요?"

잭은 고개를 끄덕였다.

그러다가 손짓으로 마차를 가리켰다.

"어서 들어가시지요."

"왜, 왜요? 이제 끝났잖아요."

잭은 고개를 내저었다.

그러면서 손가락으로 한 곳을 가리켰다.

그의 천리안이 깨어났다. 그가 가리킨 방향에서 복면을 쓴 초인들 30명이 다시 나타났다.

"이제 시작입니다."

◆

애니마가 팔을 끌고 펜릴을 억지로 끌고 간다.

펜릴은 억지로 끌려가는 척 하더니 터벅터벅 앞으로 걸어 나갔다.

분명 이 길의 끝에는 티라가 있다.

머리와 가슴이 생각하고 말하는 것이 다르니 펜릴은 어떻게 해야 할 지 잘 모르겠다.

'빌어먹을.'

티라를 만날 생각이 없지만 발이 저절로 앞으로 움직인다.

애니마가 끌고 가는 건 적당한 핑계다.

-앞에 있다.

'알아, 나도.'

-아니, 싸우고 있다는 얘기다. 네가 말한 그 여자가.

펜릴은 슬금슬금 망령을 꺼내 올리더니 곧바로 망령의 눈을 전개시켰다. 하늘 위로 올라간 망령은 펜릴에게 실시간으로 모든 전투의 현장을 보여주었다.

-지독한 놈들이군. 아직도 저들은 남은 숫자가 100명이 넘게 남았다. 조금씩 숫자를 보내어 피를 말리게 하는 군.

'저들이 누군데?'

-생각할 수 있는 정황상 두 가지다. 캔슬러, 혹은 그들과 관련이 있는 자들. 저런 무력까지 가지고 있는 걸 보면······.

'제국의 기사로군.'

그냥 기사도 아니다.

황제가 직접 키우고 다루는 기사들인 모양이다.

제국 그 어떤 단체도 초인들을 저렇게 많이 보유하고 있지 않다.

황제의 호위 기사들.

그들 정도는 되야 저정도 무력을 가지고 있다.

'캔슬러와 제국이 손을 잡았나?'

ㅡ오르도는 너에게 패배했다. 그는 더 이상 황제의 명령을 받을 자격은 없다. 새로운 자리에 새로운 사람이 앉은 것 뿐이다. 물론, 그 사람은 오르도 처럼 꽉막힌 자는 아닌 것 같군.

오르도는 캔슬러와 타협따위는 모르는 사람이었다.

오로지 혼자서 해결할 수 있다고 믿는 양반이었으니까.

새로운 자리에 오른 다른 자는 캔슬러와 협상을 맺을 정도로 새로운 사람이라는 것은 알겠다.

'그때, 그 쏘닉버드를 놓친 게 크군.'

ㅡ놓치지 않았다면 이런 일이 벌어질 리도 없었겠지. 네 옆에 있는 계집은 사방팔방에 얼굴이 팔린 아이움 소속 마법사니까. 같이 있다는 것 만으로도 너는 누가 봐도 아이움 소속이 되어버린 거다.

펜릴은 발걸음을 멈췄다. 질질 끌고 가던 애니마의 손도 뿌리쳤다.

'관심 없어. 내가 당시 애니마를 구하지 않았다면, 애니마는 좋은 꼴을 보지 못했을 거야. 당시 쏘닉 버드를 놓친건 아쉬운 일이지만 여기까지는 내 일이 아니야.'

ㅡ네 좋을 대로 해라. 나도 네가 위험에 처하는 건 그다지 원하는 일은 아니니까.

펜릴은 머리를 긁적였다.

"앞으로 계속 가세요. 애니마는 좋은 마법사니까 도울 수 있을 겁니다."

"무, 무슨 소리예요?"

"거, 설명 하기는 쉽지 않은 데. 어쨌든 앞으로 가봐요. 티라가 아무래도 공격 당하고 있는 모양이니까."

애니마는 강력한 마법사. 합류만으로도 좋은 힘이 되어 줄 거다.

적어도 지켜주기만 한다면 초인들이고 뭐고 간에 불덩이로 모두 태워버릴 수 있을 테니까.

애니마는 서둘러 앞으로 뛰어 나갔다.

그 과정에서 뒤로 고개를 돌리며 펜릴을 힐끔 바라보았다.

왜 그런 상황인데 당신은 안와요? 라는 눈빛이다.

애니마는 어리다.

어리니까 모르는 거다.

초인과 링커들간의 싸움은 눈 한 번 깜빡이는 순간에 어떤 일이 일어날 지 아무도 모른다. 펜릴이 웬만한 기사들이나 초인들 보다 강하다고 할 수는 있을 지라도 이건 절대적인 건 절대 아니다.

펜릴보다 강한 자들은 분명히 얼마 든지 있다.

또 그날의 컨디션, 환경, 부상, 상성 등에 의하여 결과는 다르게 나타난다.

괜한 설레발, 오지랖은 죽음으로 이어진다.

발을 빼야 될 때랑 넣어야 될 때를 모르니까, 가슴이 시키는 대로만 사니까 모르는 거다.

'빌어먹을.'

열 받는 상황이기는 하지만.

'내 알 바 아니잖아?'

펜릴은 등을 돌렸다.

◆

거대한 불덩이가 날아갔다.

화르르륵!

퍼어엉!

"으아악!"

갑작스런 불덩이에 초인 한 명이 몸에 맞고 불이 붙었다.

초인들은 죄다 항마력을 가지고 있다. 하지만, 이 불덩이는 쉽게 꺼지지 않는다. 사람이 죽을 때 까지 화마가 몸을 집어 삼킬 때 까지 꺼지지 않는 마법의 불.

결국 초인은 영원히 고통스러워하다가 죽었다.

항마력이 이런 상황에서 도움이 되지는 않았다.

위력을 줄여줄 수는 있지만 불을 꺼주지는 못한다.

그러니 고통을 더 오래 동안 받아야 한다.

초인들은 누구나 할 것 없이 불이 날아온 방향을 향해 몸을 날렸다.

마법사는 귀찮은 존재다.

마법사가 날 뛰는 순간 전장의 판도는 순식간에 바뀌어 버린다.

그래서 전쟁이 일어나면 가장 먼저 잡아야할 상대는 바로 마법사다.

기사들은 10을 써야 사람 10명을 죽일 수 있지만 마법사는 5만 써도 사람 10명은 손쉽게 죽인다.

효율적인 면에서 너무나 다르다.

특히나 고위급 마법사.

나이가 어린 건 상관 없다.

무조건 붙잡아야 한다.

"애니마!"

창문을 열고 상황을 지켜보던 티라가 외쳤다.

"언니!"

"잭! 어떻게든 애니마는 지켜야 돼요."

"알고 있습니다."

잭도 이런 상황에서 마법사의 존재가 얼마나 중요한 지 알고 있다.

기사들이 애니마에게 달려 들자, 잭은 그들이 애니마에게 달려 들지 못하고 기력탄을 날리기 시작했다.

기력탄의 위력은 줄었다.

속도도 줄었다.

마나를 탕진한 잭은 그냥 앞으로 달려나갔다.

애니마는 멍청하지 않다..

기사들이 먼저 달려들 것을 알고 있었다.

몸에 헤이스트를 걸었다.

애니마의 발걸음이 2배는 빨라졌다.

양손을 기사들을 향해 뻗었다.

펑! 펑! 펑! 펑!

투명한 마법 미사일 수 십 발이 날아갔다.

기사들은 검으로 죄다 쳐냈다.

아주 기초적인 마법이다.

하지만, 캐스팅도 없이 움직이면서, 헤이스트까지 걸고 이런 마법을 사용한다는 건 쉬운 일이 아니다.

그렇다고 위력이 없는 게 아니다. 맞으면 몸의 뒤까지 아플 정도로 관통력이 느껴진다.

기사들이니까, 초인들이니까 이 정도다.

일반인이 잘못 맞으면 즉사다.

애니마는 마나증폭기를 들고, 증폭기에 저장된 공격마법을 풀었다.

마나증폭기는 단순히 마법만 증폭되는 것이 아니라, 증폭기 자체에 마법을 두 세가지 정도 저장시켜둘 수 있다.

고위급 마법이고 마나가 많이 필요한 건 두 가지 정도지만, 약한 건 3가지도 가능하다.

애니마는 손을 양옆으로 뻗다가 다시 앞으로 내뻗었다.

그러자 양손에서 거대한 불줄기가 나왔다.

"피해랏!"

초인들은 양옆으로 피했다.

애니마는 불줄기를 퍼지는 쪽으로 손을 뻗었다. 손을 따라 불줄기가 움직였다.

불줄기가 초인들에게 가까이 다가가자 터졌다.

콰콰쾅!

플레임 버스터, 익스플로젼이라는 최상위급 마법이다.

폭발에 휘말린 초인들은 여지 없이 죽음을 맞이했다.

항마력을, 그것도 기사의 정점을 바라보는 초인들을 손짓 몇 번에 죽이는 마법사들의 엄청난 능력은 과히 놀랍기만 했다.

마법사들이 기사들에게 약하다는 편견이 존재한다.

대부분이 그렇게 생각하기도 한다.

하지만 고위급 마법사들 정도 되면 대부분이 그 정도 상황에 대비를 한다.

특히나 이런 난전에 익숙한 마법사들은 멍하니 기사들

에게 목을 내미는 경우는 없다.

거리를 내주면 마법사는 기사를 이길 수 없다.

하지만, 마법사에게 접근하지 못한다면 죽었다 깨어나도 기사는 마법사를 이길 방법은 없다.

물론, 그렇다고 약점이 없는 건 아니다.

공격마법은 화려하고 멋지지만, 증폭기에 저장시켜둔 마법은 한 번밖에 사용하지 못한다. 무엇보다 마나를 많이 잡아 먹는다.

게다가 고도의 집중력은 체력까지 앗아 간다.

마법 몇 번으로 애니마는 이마에 땀이 송골송골 맺혔다.

저장시켜둔 마법은 모조리 사용했고 마나의 양은 눈에 띄게 줄었다.

그 시간이 지나자면 이제 마법사의 시간이 아닌 기사들의 시간이 온다.

"공격해라!"

대형마법은 끝났다.

이제 애니마는 마법을 간소화 시켜서 캐스팅을 짧게 하여 견제를 하는 수밖에 없다.

'초인은, 초인들이다.'

엄청난 마법들의 향연이다.

하지만, 애니마는 혼자다.

기사들이 죄다 달려 들면 막을 수가 없다.

실제로 엄청난 폭발, 멋있는 마법들까지 누군들 시선을 빼앗길 수 밖에 없는 마법들인건 인정하지만.

초인들은 고작 5명이 죽었을 뿐이다.

반면 아이움의 링커들은 너무나도 죽었다.

잭은 지쳤다.

애니마는 기사들을 잘 죽이고 있지만 저게 언제 까지 계속 될 수는 없다.

그녀가 더 위력적인 모습을 보여주려면 안정적인 장소가 필요하다. 도움을 받아야 한다.

잭은 난감한 상황이다.

링커들을 죄다 이끌고 초인들의 뒤를 친다.라는 가정에 있을 때, 초인들은 아직 숫자가 20명 남짓 남았다.

하지만, 이제 링커들의 숫자는 열 명이 채 되지 않는다.

게다가 지치기까지 했다.

간신히 막아서고 있는 이 방어벽이 뚫리면 끝이다.

그 많은 초인들을 잡았다.

그런데 또 나타났다. 이 초인들을 이긴다고, 다른 초인들은 없을까.

아니, 상대방은 많은 숫자의 병력을 가지고 있다. 이건 이제 시작일 뿐이다.

'어떻게든, 어떻게든 티라님 만큼은.'

살려야 한다.

고군분투하고 있는 애니마를 미끼로 내던져서라도 살려
야 한다.

　잭은 마부에게 다가가 외쳤다.

　"당장 도망가라! 여기는 어떻게든 우리가 막겠다."

　"자, 잠깐만요. 잭!"

　잭의 말에 티라가 외쳤다.

　"여기 있다간 모두 죽습니다. 어차피 여기 있는 자들은
죄다 라크씨나 당신에게 빚이 있던 자들 입니다. 당신을
위해 죽는 게 아깝진 않을 겁니다."

　"당신들이 이곳에서 죽으면 저 혼자 산들 무슨 의미가
있겠어요? 아이움은 저 혼자의 것이 아니라고요."

　"살아나가신다면 아이움이든 뭐든 다 잊고 사십쇼. 그
게, 그게 티라님을 위해 할 수 있는 마지막 말입니다."

　"웃기는 소리 하지 말아요! 그런다면 제가 갈 것 같아
요?"

　티라는 마차 문을 활짝 열고 바깥으로 나왔다.

　"저 년이! 저년이 아이움의 수장이다!"

　"이런⋯⋯."

　잭은 인상을 찡그렸다.

　마법사도 중요하지만, 수장이 잡힌다면 아이움은 아무
것도 할 수가 없다.

　"티라님을 보호해!"

잭의 외침에 링커들이 티라의 근처로 몰려들었다.

초인들은 숫자를 다시 합쳤다. 그러더니 티라가 아닌 애니마가 있는 곳으로 몰려 갔다.

애니마는 꼼짝없이 죽을 수밖에 없는 상황이다.

애니마의 얼굴이 사색이 되었다.

최상위 마법을 캐스팅하려면 최소 30초 이상이 필요하다. 그것도 어떠한 견제나 방해 공작 없을 때 얘기다.

이런 상황에서는 1분이 지나도 마법 하나 캐스팅 하기가 쉬운 게 아니다.

애니마는 이번에도 투명한 마법 화살을 만들어 내 기사들의 접근을 견제하는 데에만 충실했다. 물론, 그 마법은 부상을 입히거나 숫자를 줄이는 데는 그 어떠한 도움도 되지 않지만.

애니마는 발을 멈추지 않았다. 그녀는 티라가 있는 쪽, 잭이 있는 곳으로 달려 들었다.

그게 유일한 살 길이었다.

하지만 그 길은 진작에 초인들에 의해 막혔다.

"애니마, 애니마를 구해야 돼요!"

티라의 외침에 잭은 입술을 깨물었다.

맞는 말이다. 애니마는 분명히 중요한 인물이다.

티라의 상심 때문이 아니다. 어쩌면 이곳에서 유일하게 살아나갈 수 있는 열쇠를 애니마가 가지고 있을 수도 있다. 그녀가 마법 캐스팅할 시간만 벌어준다면.

"제가, 제가 가겠습니다."

애니마가 이곳에 올 수 있을 때 까지 도와줘야 한다.

잭이 앞으로 나섰다.

그리고 몸에 있는 모든 마나를 끌어 모았다.

이곳에서 죽기를 각오한 거다.

콰콰쾅!

스몰 데빌의 팔에 닿을 때 마다 초인들이 날아갔다.

하지만, 잭은 두 명 째를 죽이고 나서 부터 눈과 다리, 팔의 각성이 순식간에 풀렸다.

"잭!"

3차 각성 링커들은 3개를 동시에 각성 했을 때 극심한 피로, 체력 저하 이것은 기본이다. 그걸 유지한 채 계속 싸움을 했으니 당연한 일이었다.

애니마.

그리고, 잭.

그 둘은 아이움의 핵심멤버들이다.

그들이 없으면 아이움은 제대로 가동될 수가 없다.

아이움의 정체절명의 순간.

"모, 몸이 안 움직여!"

주변에 붉은 안개가 피어났다.

◆

프스스스.

애니마의 등장이 조금 당황스럽기는 했지만, 이 처럼 당황스럽지는 않았다.

안개.

그것도 온통 붉은 안개라니.

그 안개는 존재하는 모든 이들의 몸을 감쌌다.

그러자 몸이 꿈적도 하지 않는다.

그건, 제국 초인들이나.

혹은, 아이움 소속의 링커나.

놀라운 건 이들 중 가장 강하다고 알려진 애니마나 잭도 전혀 몸을 일으킬 수 없다는 거다.

"으윽!"

잭은 핏줄이 생길 정도로 이를 악 물었다.

그는 전형적으로 '항마력'이 없는 링커들 중 하나다.

강하기는 하지만 마법사들에게는 취약한 편.

이 안개는 분명히 마법이나 혹은 정령의 힘일 가능성이 크다.

물론, 직접 겪어 본 적 없는 특이한 기술이지만.

링커들이라는 새로운 세계가 제국에 열리고 난 뒤 특별한 능력을 가진 자들은 끊임없이 등장했다. 어떤 자들은 정말 위험할 정도로 광폭해져서 자아를 잃은 자들까지 등장하기도 했지만.

자아를 잃으면 마수들이 몸을 장악했다는 뜻이다. 장악을 하는 순간 힘은 정말 기존에 인간 시절이었던 것 보다 훨씬 강해진다.

그런데, 지금. 그런 것 같지는 않다.

누군가 술수를 부리는 게 분명하다.

누가 어째서 왜 부리는 건 지는 모르겠지만, 잭은 벗어나야 된다는 생각을 강하게 했다.

쒸이잉!

바람을 타고 한 줄기 이상한 소리가 들린다.

'말도 안돼!'

몸을 꿈쩍도 할 수 없는 상황에서 화살을 날리다니.

'두 명인가?'

상대가 몇 명인지 잘 모르겠다.

한명은 사람들의 몸을 완벽하게 막고.

누군가는 또 공격을 한다면.

2명이서도 너끈히 수 백명을 물리칠 수 있는 말도 안되는 능력자라는 얘기다.

퍼억!

화살은 잭의 옆에 있는 초인에게 박혔다.

"컥!"

초인은 이마에 뻥! 하니 화살이 완벽하게 뚫었다.

화살의 촉이 뒤통수를 뚫고 나왔다.

볼 것도 없이 '즉사' 다.

다시 한 발 화살이 날아온다.

파악!

이번엔 화살이 애꿎은 땅만 공격했다.

놀라운 능력은 끝났다. 이제 초인들은 이 환경을 완벽하게 적응했다.

'항마력.'

적응이 되자 눈이 부시게 빠른 속도로 이 안개 속을 활보하고 다닌다.

잭은 눈을 살짝 옆으로 돌렸다.

항마력이 있는 애니마는 처음부터 이 안개로 부터 자유롭게 움직이고 있었다. 다행인 것은 그 때문에 애니마가 마차로 손쉽게 복귀할 수 있었다.

'대단한 능력이다. 하지만, 초인들이나 마법사들에게는 통하지 않아.'

물론, 항마력이 없는 링커들 잡는 건 최고다.

링커들 중 항마력을 가지고 있는 자들은 거의 없을 테니까.

그 순간 붉은 안개가 순식간에 사라졌다.

그러더니 그 안개는 작은 구슬로 허공을 빙빙 돌아 다녔다.

그러다 상대를 찾자 날카로운 창으로 변해 빠른 속도로 달려 들었다.

그 대상은.

제국의 초인들이다.

초인들은 잭과 상관없이 그 창에 정신이 팔렸다.

누군가 가지고 움직이는 것도 아닌데 창은 제 스스로 하늘을 날아다니며 무지막지하게 초인들을 공격하기 시작했다.

저런 모습을 보니 딱 하나.

마법사 보다는 정령술사들에게 초점이 간다.

'저런, 정령이 있던가?'

정령하면 4대 원소. 물, 불, 땅, 바람.

정령술사들은 그 원소 물질 의외에도 정령들은 존재한다고 했지만, 그런 정령들은 인간과 친분을 타고나지 않는다고 했다.

그렇다면 대체 뭐란 말인가.

잭의 궁금증은 생각보다 일찍 풀렸다.

초인들이 정신이 팔린 사이 갑자기 난입한 한 남자!

그는 양손에 하나씩 요상한 모양의 칼을 들고는 초인들을 향해 달려 들었다.

특별한 능력이 있는 건 아니었다.

그런데 그 칼에 맞은 초인들이 퍽퍽! 하고 쓰러졌다.

그를 바라보자 애니마가 외쳤다.

"펜릴!"

'펜릴?'

◆

초인들이 발견했다.

움찔하는 사이 펜릴은 목 아래로 머리위까지 마체테를 찔러 넣었다.

그리고 순식간에 빼내서 왼쪽에 있는 마체테로 초인의 이마에 구멍을 뚫어버린다.

'내가 이렇게 강했던가?'

멀쩡한 상태의 초인 30명과 싸웠다면 분명히 이런 결과는 만들어지지 않았을 거다.

초인들은 아이움과 싸우면서 지쳤고 붉은 안개로 겁을 먹었으며 혼란스러운 능력에 갈팡질팡 못하고 있는 거다.

물론, 그 뿐만은 아니다. 펜릴은 분명히 강해졌다. 특히 트론왕의 날개를 달면서 더 강해진 느낌이다. 단순히 하늘을 날거나 항마력이 더해진 것이 아니라 펜릴의 몸 자체가 조금 더 숙성이 되어진 느낌이다.

인간 보다는 최상급 마수들의 능력이 점점 더 발휘되고 있는 느낌.

몸은 쉴 새 없이 간지럽다.

잠식.

이 녀석들은 어떻게든 펜릴의 몸을 잡아 먹기 위해 단 한 시도 쉬지 않는다.

지금 이 순간 만큼도.

부우웅!

초인의 검에 죄다 이상한 빛이 튀어 나온다.

저것이 인간이 아닌, 초인이 되었다는 것을 증명하는 그 증거물들이다.

저것에 잘리지 않는 것들은 없다.

아니, 몇 가지 존재하기는 한다.

이를 테면.

펜릴은 초인의 검에 왼쪽 팔을 들어 올렸다.

"멍청한 놈!"

초인이 외쳤다.

그런데 이상한 타격음이 들린다.

까앙!

검과 검이 부딪힌 느낌이다.

펜릴의 팔뚝은 부풀어 올랐다.

저 이상한 검에 잘리지 않는 몇 가지 예외.

씨스톤의 팔.

"괴, 괴물!"

펜릴은 당황하는 초인의 머리를 한 손으로 잡았다.

"으아아악!"

아무리 초인이라고 해도 씨스톤의 괴력을 당해낼 수는 없다.

수박이라도 터진 것 마냥 퍽! 하고 사방으로 뇌수가 터져 나간다.

아무리 단단한 두개골도 버텨낼 수가 없다.

잭은 스몰 데빌의 팔을 가졌지만 초인들을 잡기 위해서는 마나를 사용해야 했다.

하지만, 펜릴은 굳이 붉은 열매의 에너지를 사용할 필요가 없었다.

푸욱!

방심하는 사이 망령이 초인의 뒤통수를 파고들었다.

다른 초인이 검으로 망령을 베었다.

망령은 베이지 않는다.

이번에 다른 초인이 마나를 잔뜩 불어 넣고 망령을 베었다.

그러자 망령이 기괴한 소리를 내면서 사라졌다.

'역시……'

실체가 없는 녀석이지만 저렇게 마나는 견뎌내지 못한다.

어차피 죽은 게 아니다. 며칠 쉬면 다시 돌아올 거다.

펜릴은 그러는 사이 초인들을 죽였다.

검이 통하지 않는다.

그러니 환장할 노릇이다.

펜릴은 검을 무시했다. 검에 맞은 팔에서 피가 뚝뚝 떨어졌다. 하지만, 팔이 베이지는 않는다. 아마 10분 동안 내려치면 끊어질 지도 모르겠다.

물론, 펜릴은 10분 동안 맞아줄 마음 따위는 없지만.

펜릴은 가볍게 주먹을 쥐고 한 중간에 주먹을 뻗었다.

기사란 족속들은 검을 빼앗기면 뭘 해야 될지 모른다.

검에 통달한 기사들이니 검이 통하지 않으면 공황에 빠지는 거다.

'인간을 초월한 존재들이라며?'

검을 휘둘렀을 거다. 노력도 했을 거다. 재능도 갖췄을 거다. 많은 사람과의 전투, 싸움으로 경험도 무르 익었을 거다. 자기 나름 대로 검에 대한 확신도 있었을 거다. 인간을 초월했다며 초인에 경지에 오른 이들은 더욱 자만감에 빠졌을 거다.

그런데.

애초부터 기사는 '링커' 들의 밥이었다.

기사들을 놀린다.

링커가 강해져봤자 수련으로 강해진 자신들 보다 강해질 순 없을 거다. 라고.

링커에게 진 기사들은 그 특별한 능력에 몰라 당했을 뿐.

능력만 알고 나면 별거 아니다 라는 둥.

자신의 능력은 땀으로 보상 받는다. 땀을 흘린 자가 피를 덜 흘린다.

편법으로 강해진 자들은 수련으로 일궈진 자신들의 신체를 견딜 수 없을 거라고.

기사들이 말했다.

'웃기는 소리!'

펜릴이 피식 웃었다.

우리가 언제 부터 편하게 강해졌을까?

우리가 언제 부터 수련을 하지 않았던가.

링커들 중 각성을 했다고 수련을 안하는 자들은 많다.

물론, 그런 자들은 링커와 상관 없이 그냥 편하게 강해지고 싶어한 자들이다.

그런데 처음 부터 자신들의 수명의 절반을.

인간의 안식처인 밤을 마수들과 같이 지낸다는 건.

상상을 초월하는 집중력과 인내심, 각오를 해야 한다.

그깟 땀이나 그깟 수련, 그깟 시간 좀 버린다고 수명이 줄어들지 않는다. 목숨의 위협을 받지 않는다. 단 한 시도 언제 잠식이 자신의 뇌를 장악해버릴 지 그건 모른다.

그래서.

링커들이 강하다.

펜릴은 주먹을 휘둘렀다.

퍽! 하는 소리와 함께 초인의 머리통이 터졌다.

터지는 것 뿐이 아니다. 애초에 구멍이 휭! 하니 뚫린 채로 죽는 이들도 있다.

'올 생각은 없었다!'

아니, 솔직히 잘 모르겠다.

올려고도 했었고 올려고 안할 려고도 했었고.

온다면 마차 쪽으로는 시선을 절대 돌릴 생각도 없었다.

'젠장! 젠장!'

아무리 여러 번명을 해봤자 펜릴의 처음 목표는 티라를 찾는 거였다.

그 티라가 지금 저 마차 근처에 있다.

마차 옆에 서있다.

지금 이 광경을 똑똑히 목격하면서 말이다.

펜릴은 시선을 돌렸다.

"아……!"

변했다.

정말이도 많이 변했다.

하지만, 알아볼 수는 있을 것 같다.

예쁘냐고?

펜릴은 고개를 내저었다.

예쁜 얼굴과 상관 없이 펜릴은 그냥 티라를 찾고 싶었다.

몇 년 만에 재회인지.

세어본 적은 없다.

'빌어먹을.'

당장 이 녀석들을 모조리 죽여 버리고 난 뒤 물어보고 싶다.

'왜? 왜? 약속을 지키지 않았어.'

외로웠다고. 너무 외로웠다고.

6개월간의 짧은 시간이었지만, 공감대, 교감을 느끼기엔 충분한 시간이었다. 그 교감은 펜릴에게 있어 몇 안되는 교감이었다.

그 상대를 잊어 버린 거다.

'네눈에는 내가 어떻게 비춰지지?'

펜릴은 초인들을 향해 외쳤다.

"으아아아아!"

가슴 속에 있던 모든 울분을 터트렸다.

몇 년간 찾아 헤맸던 사람이 저기 있다.

'그래.'

기쁜 순간인 지는 모르겠다.

'내 앞을 막지마라! 왜? 왜 네 놈들이 가로 막냐고!'

돌아가려고 했다. 만날 생각도 없었다. 그런데 빌어먹게도 발이 자꾸 이쪽으로만 향했다. 도우면 살 수 있다. 그런데 돕지 않는다니.

상인 멜프레가 언젠가 한 번 물어본 적이 있었다.

'왜 자꾸 그 여자를 찾으려고 해?'

펜릴은 머리를 긁적였다.

'뭐라고 대답했더라?'

대답은 이랬던 것 같다.

'잘 모르겠어요. 집 나간 강아지도 아니고. 지가 좋아서 나간 걸. 뭐, 빚을 졌으니까.'

맞다.

펜릴은 티라에게 빚을 졌었다.

라크는 펜릴을 잘 알지도 못하면서 영감의 부탁이랍시고 6개월이나 같이 지냈다. 마나연공법도 가르쳐줬었고.

저 부녀에게 펜릴은 빚을 진 거다.

웨어울프에게 맞고 돌아온 날.

갈비뼈가 모조리 부러진 걸 옆에서 밤새도록 간호한 건 펜릴의 의지 따위가 아니라 티라였다. 티라의 도움을 받았다. 죽을 수도 있는 걸 덕분에 목숨을 건졌다.

뺨에 뜨거운 물이 자꾸 흘러 내린다.

'눈물인가?'

펜릴은 서둘러 소매로 눈물을 훔쳤다.

누군가 보면 창피하기만 하다.

모든 초인들이 펜릴에게 달려 들었다.

펜릴은 하나 하나 모조리 박살 냈다.

"빠르다!"

강하기만 한 게 아니다.

펜릴은 카두치의 눈을 활성화 시키며 상대의 약점을 찾아냈다. 그러면서 교묘히 그곳을 파괴시켰다. 그 과정에서 펜릴의 빠른 몸놀림은 기사들이 도저히 쫓을 수 있는 게 아니었다.

붉은 열매의 폭발적인 에너지.

그리고 팬텀 라지아의 지치지 않는 하체.

펜릴은 초인들을 모조리 죽였다.

그리고 티라를 바라보며 말했다.

"이걸로 빚은 갚았어. 쌤쌤이다."

monster link

몬스터
링크

반격

반격
monster link

"너……."

얼음이라도 된 것 마냥 티라는 펜릴을 멍하니 쳐다봤다.

얼굴의 표정을 보아서는 자신이 도우려는 상대가 티라라는 걸 확실히 알고 있다는 느낌이다.

"어떻게……."

나 인줄 어떻게 알았어.

왜 링커가 된 거야.

수 많은 뜻이 담겨 있는 말 한 마디.

"티라님. 어떻게 된 인연인지는 잘 모르겠지만, 일단 지금 이곳을 빠져나가는 게 우선입니다."

"네? 그, 그래요."

상대방은 많은 초인들을 보유하고 있다. 또 얼마나 많은 초인들을 데리고 있을 지 짐작조차 되지 않는다.

"죽은 사람들은……."

"아쉽지만."

아이움 소속 링커들이 열 명이 죽었다.

초인들이 무려 60명이 박살난 것에 비하면 적은 피해지만, 한 명 한 명이 아쉬운 때다. 제국은 저런 초인들을 아직도 계속 보유하고 있을 거고 초인들을 양성하는 데에는 오랜 시간이 걸리지 않을 거다.

그에 반해 더 이상 아이움소속 링커들은 늘지 않을 거다.

그래서 그랬는지 몰라도 아이움 소속 링커들 끼리는 굉장히 끈끈한 인연의 끈이 있다고 생각했다.

누군가 죽지 않고 계속될 수도 있다고 믿었다.

그런데 그들이 죽었다.

그들이 죽었는 데 시신 수습도 못한 댄다.

이럴 때 보면 잭이 참 원망스럽다.

'아니지.'

티라는 알고 있다.

자신이 결정을 내린다면. 이곳에서 시체 수습을 애기 한다면 결국은 할 수밖에 없다는 것을.

그런데, 선뜻 그러지 못한다는 건 자기 자신도 잭이 내린 결정이 맞는 것이라는 걸 부정하지 않기 때문이다.

티라는 눈물을 삼켰다.

"가요, 어서."

숲에서는 최대한 벗어나야 한다.

도시가 이곳에서 멀지 않다.

숫자가 적으니 몸을 숨긴다면 쉽게 숨길 수 있을 거다.

잭은 마차와 말 사이를 잇는 연결끈을 끊어 버렸다.

그리고 말 한 마리에는 티라를 앉히고 나머지 말들은 풀어 줬다.

빠르게 움직일 수 있는 링커들과 다르게 티라는 마나를 사용한다고 해도, 결국 말 보다 오랜 시간 지속할 순 없다. 무엇보다 마나는 언제라도 사용할 수 있게 아껴두는 편이 옳았다.

티라는 떨어지지 않는 발을 억지로 움직였다.

푸히히힝!

잭이 가볍게 엉덩이를 걷어차자 말은 앞으로 뛰쳐나갔다.

티라는 뒤를 돌아보며 아쉬운 눈빛을 지었다.

◆

"부상을 당하지 않은 링커는 없습니다. 그나마 경상이냐 중상이냐의 차이일 뿐입니다. 다음부터 싸움에 참가할 수 있는 링커는 저를 제외하고는 3명이 있습니다."

중상을 당했다고 해도 링커들의 치유력은 인간의 치유
력과는 비교가 되지 않을 만큼 빠르다. 웬만한 병에 걸려
도 쉽게 낫는다. 하지만 치유력이 빠르다고 하루 이틀 안
에 낫는다는 소리는 아니다. 적어도 한 달, 두 달 간은 몸
을 움직이지 않고 있는 것이 좋다.

많은 링커가 죽었다.

소수의 링커만이 살아남았다. 그들 중에서도 다음 부터
싸움에 참가할 수 있는 사람은 3명이란다.

3명 가지고 제국과 캔슬러로 부터 벗어나란 얘긴가?

"제 탓이에요."

티라가 한숨을 내쉬었다.

트론왕의 날개를 가진 이가 등장하면서.

펜릴이라는 이름을 보면서.

아무 생각 없이 모든 걸 내팽개치고 아이움의 모든 전력
을 이끌고 온 탓이다.

"제국이 캔슬러와 손을 잡았을 줄은 몰랐습니다. 정보
력에서도 밀렸고 이곳까지 오면서 경계를 늦추지 않았다
고 생각했건만, 제국에게 꼬리를 잡혀있을 줄은 상상도 못
했습니다."

잭의 말에 다소 분위기가 심각해졌다.

"언니에게 와달라고 했던 내가……."

이번엔 애니마가 한 마디 툭 내뱉었다.

서로의 잘잘못을 인정하는 건 옳다. 하지만, 그걸 인정한다고 죽은 링커들이 실수한 과거가 돌아온다는 건 아니다. 지금 중요한 건 인정 따위가 아니다.

아이움은 구심점이 없었다. 라크가 죽은 뒤로 뿔뿔이 흩어졌으며 거의 유령 단체나 다름 없을 정도로 활동이 전무해졌다.

그런데 이번에는 오해가 생기며 다른 단체, 나라의 표적이 되었다.

'걔 때문에?'

애니마가 옆에 있었다. 그 때문에 오해를 산 거다.

'트론왕의 날개.'

다른 이도 아니다. 아는 사람이다.

'펜릴……'

돌아가야지, 돌아가야지 생각했다. 약속을 절대 잊은 건 아니었다. 하지만, 돌아갈 수가 없었다. 약속했던 시간으로 부터 점점 멀어지기 시작하니 펜릴도 떠오르지 않았다. 이제는 어련히 알아서 잘 살아가고 있겠지, 어렸을 때 부탁을 지금까지 기억하지는 않았겠지 싶었다.

'빚, 빚이라고.'

웨어울프에게 얻어 맞고 온 걸 도와준거 가지고 빚이라고.

어떻게 생각할 지는 모르겠지만 아는 녀석이 그렇게 얼

어 맞고 오면 도와주는 건 당연하다. 갈비뼈가 부러져서 움직이지 못하니 당연히 도와줄 수밖에 없었다.

'그걸 아직도 기억하고 있었다니.'

티라는 이미 진작에 잊었다.

그런데 펜릴은 기억하고 있더라.

그 뿐만이 아닐 거다. 하나 하나 모든 걸 기억하고 기다리고 있었을 거다.

나타나지 않는 사람을 하염없이 기다렸을 거다. 언젠가 나타나겠지 하는 심정으로.

티라는 담요로 자신의 몸을 돌돌 둘렀다.

그리고 한쪽을 지그시 쳐다봤다.

타닥, 타닥—

장작을 하나 둘 넣고 있는 펜릴의 모습이 보인다. 모닥불 때문인지 얼굴이 벌겋게 익었다.

"뭐야? 뭘 쳐다봐?"

펜릴이 시선을 느꼈는지 티라에게 시비조로 말을 건다.

티라는 어딘지 모르게 가슴이 미어지는 느낌이 들었다. 그녀는 살금살금 펜릴의 맞은 편에 가 앉았다. 펜릴은 홀로 식사를 준비하고 있었다. 양도 많지 않았다. 정말 혼자 먹을 생각이었나 보다.

"호오! 호오!"

펜릴은 잘 익은 꼬치를 입김으로 식혔다.

정말 변한 게 없는 녀석이다. 혼자 있는 게 어울리는 녀석이다. 그게 얼마나 힘들었을 지 상상이 채 되지 않는다. 아빠, 라크가 죽고 나서 세상이 멸망할 것만 같았다. 아이움을 이어 나가자고 생각했을 때 정말 막막했다. 그런데 이 녀석은 이미 어릴 때 부모를 잃었다. 항상 혼자였을 거다. 혼자가 익숙한 거다.

"미안해."

펜릴이 인상을 찡그렸다.

"뭘?"

"돌아가지 않은 거, 널 찾지 않은 거, 그냥 너 한테 모든 게 미안해. 정말."

"……."

펜릴이 잠시 말을 멈추고 티라를 바라본다. 그러더니 손에 들고 있던 꼬치를 게걸스럽게 뜯었다. 잠시 후 다시 입을 열었다.

"미안해 하지마. 애초에 돌아올 거라고 생각하지 않았으니까."

"그럼?"

"난 원래부터 혼자였어. 무슨 이유가 있든 간에 돌아오지 않을 이유가 있다고 생각했었고. 널 도운 건 그냥 우연히 네가 이자리에 있었기 때문이야. 빚도 있었고. 그걸 갚았다고 생각해라."

"어쩔 수 없었어. 정말 어쩔 수 없었다고."

펜릴은 고개를 끄덕였다.

"어쩔 수 없었으니까 이제 그만 해. 네가 똘마니처럼 데리고 온 제국이나 캔슬러 녀석들이나 그건 어차피 나 때문에 나타난 녀석들이니까 내가 처리할 생각이야. 그러니 돌아가. 그리고 다시 나타나지마. 적당한 곳에서 숨어서 살아. 10년이고 20년이고. 그러면 놈들도 너를 잊겠지."

펜릴은 고개를 돌렸다.

'부탁 할 생각이었는데.'

아이움과 손을 잡아줄 수 있냐고.

아니, 아이움의 구심점이 되어줄 수 없냐고.

그러면 그가 '아이움'이라는 완벽한 존재가 되는 데에 있어서 한 팔 거두고 도와줄 생각이었다.

적어도 제국의 황제나.

캔슬러가 그 완벽한 존재로 발돋움하는 걸 원하지 않으니까.

그러기 위해서 아이움은 현재 존재 하는 거니까.

그런데, 말도 꺼내지 못했다.

완곡한 거절이다.

펜릴의 마음은 이해한다.

솔직히 펜릴의 입장에서 그런 부탁을 받는다는 것이 웃

긴 얘기다. 말 그대로 현재 펜릴의 무력에 숟가락만 얹겠다는 거니까.

티라는 등을 돌렸다.

펜릴은 더 이상 할 얘기가 없어 보였다.

♦

–네가 찾던 계집이 아닌가?

"시끄러."

펜릴은 조용히 담요로 자신의 몸을 감쌌다.

나스타시티로 들어가지 못하고 이렇게 바깥에서 외박을 하는 건 좋지 못하다.

그렇다. 좋지 못하기 때문에 펜릴이 이곳에 있는 거다.

초인을 죽였다고 제국이나 캔슬러의 위협이 완전히 사라진 건 아니다.

그들은 여전히 존재하고 죽인 자들보다 배는 많은 숫자가 대기를 하고 있다.

그리고 아직 모습을 드러내지 않은 캔슬러까지.

펜릴이 티라는 자신과 전혀 상관없는 일이라고 생각했다면 애초에 그녀를 따라 이곳에 자리를 잡을 생각도 없었을 거다.

-가끔 인간들의 이런 자존심은 이해를 할 수 가 없단 말이야.

'시끄럽다고.'

펜릴은 그대로 뒤로 누웠다.

각성을 한 채로 날뛰었으니 몸이 저릿저릿 피곤해진다.

마수들은 시끄럽게 떠들어댄다.

-너에게 한 가지 좋은 소식을 가르쳐주마.

펜릴은 눈을 감은 채, 눈도 뜨지 않고 물었다.

'뭔데?'

-바다 안에 크라켄이 있을 확률이 높다.

'어떻게 알아?'

-냄새가 난다. 특유의 냄새가.

'냄새?'

-말을 했었잖아. 바다에 있을 때 2번 정도 만난 적이 있다고. 지금 그 냄새가 바다에서 나고 있다. 물론, 거리는 결코 가까운 건 아니지만.

'희소식이로군.'

-네놈 얼굴은 기뻐 보이지는 않는다.

"......"

펜릴은 아무 말도 하지 않았다.

대신 오늘은 이른 잠에 빠져 들었다.

◆

'엄청난 놈이로군.'

게레로는 초인들이 죽은 현장을 지켜봤다.

아이움 소속의 잭은 알고 있다. 잭의 약점이라면 싸움이 후반으로 들어가면 점점 약해진다는 것과, 항마력.

잭의 능력을 조금 더 상세하게 제국에 전달했다면, 이렇게 많은 피해를 입지는 않았을 거다. 링커를 잡는 데 쥐약은 바로 마법사이기 때문이다.

오르도 자작이었으면 이런 실수는 결코 하지 않았을 거다.

그는 전쟁에서 많은 경험을 얻었으니까.

하지만, 니브아 후작은 링커들과의 싸움에서 경험이 거의 없다.

뭐가 약점이고 뭐를 못하는 지 제대로 알지 못한다.

제국의 초인들 숫자가 워낙 많이 줄었다.

게레로로써는 나쁘지 않다.

니브아 후작은 갈갈이 날 뛸 것이 훤히 보이지만, 그건 알 바가 아니다. 초인들이 약하니까 당한 거다.

잭은 뭐, 그렇다쳐도 트론왕의 날개를 가진 펜릴의 등장은 조금 충격적이었다.

'잭 보다 최소 한 수 위로 봐야겠군.'

라크 다음으로 아이움에서도 부담이 가는 존재가 잭이었다.

라크와 크게 차이 없는 무력을 가지고 있으면서도 충성심에 물든 녀석.

링커라는 작자가 불사의 존재에는 큰 관심이 없다는 것.

그런데 그런 잭 보다 강자가 나타났다는 건 꽤나 짜증스러운 일이다.

"니브아 후작이 제법 화를 낸 모양입니다."

게레로는 피식 웃었다.

"관심없다. 어차피 난 트론왕의 날개만 얻으면 돼."

"독기가 오른 모양입니다."

"잘 된 일이군."

제국의 기사에게 불을 지폈으니 불을 끌 때 까지는 한동안 계속 날 뛸 것이 분명하다.

"초인들의 숫자가 얼마나 남았지?"

"120명 정도 입니다."

게레로가 잠시 당황스러운 표정을 지었다.

니브아 후작이 데려온 기사들은 죄다 황제를 지키는 호위 기사들이다. 60명이 죽고도 120명이나 남았다면.

대체 현재 제국에 있는 초인들은 몇 명이나 되는 지 궁금했다.

'최소 수 백명은 더 있다는 말이겠군.'

제국과는 싸움을 벌일 필요가 없다.

"나 스스로가 불사만 된다면 제국과는 이제 상관이 없어. 제국도 그렇게 된다면 나를 쉽게 건들일 수 없을 테니까. 그때 까지 니브아 후작이 이런 멍청한 행동만 해주면 돼."

깊어지는 밤.

게레로는 뒷짐을 쥔 채 사라졌다.

◆

팅! 철컥! 팅! 철컥!

니브아 후작은 오래 전 부터 기묘한 습관이 하나 있었다.

머릿속으로 부터 무언가 고민을 하기 시작하면 엄지손가락으로 칼집에 들어 있는 검의 튀어나온 그립 부분을 자꾸 튕긴다.

그러면 그 힘으로 튀어 나온 검이 다시 밑으로 내려가며 소리를 낸다.

그는 그걸 1시간이고 2시간이고 계속했다.

엄지손가락이 불어 터지고 멍이 들고 손톱이 박살나는 건 옛날 얘기다. 백발 휘날리는 노인네의 엄지 손톱은 젊은 사람들의 그것 보다도 단단하다.

'고작 3명 정도인가. 그것도 처음에는 고작 1명에게 30명이 몰살을 당했지.'

초인들을 투입시켜 보니 왜 황제가 자신에게 이 일을 맡겼는지 알 것도 같다.

초인들은 강하다.

하지만, 링커들은 더 강하다.

직접 나서지 않는다면 초인들을 다 잃을 수도 있다는 생각이 든다.

'링커라⋯⋯.'

멀리서, 지켜보기는 했는 데 정말 무지막지한 힘이다.

저런 힘을 계속해서 사용할 수 있다면 그거야 말로 괴물이리라.

'내가 못 이길 수준은 아니다.'

수확이 있었다.

니브아 후작은 그 짧은 사이에 펜릴이나 잭의 약점을 알아냈다.

잭의 약점은 싸움이 후반에 들어서면 힘이 전만 못하다는 거고, 무엇보다 항마력에 취약하다.

펜릴의 약점은 뭐든지 막아줄 수 있는 팔을 지녔지만, 기사들의 검에 서린 마나에는 손상을 입는 모습이 보였다.

그 점을 공략해서 팔 하나를 끊어 먹는다면 충분히 손쉬운 승리를 가져올 수 있다.

"대장님."

황제의 임무를 맡고 활동을 하고 있다.

그는 바깥에서 '후작'이란 이름 보다는 대장으로 불리우고 있다.

니브아 후작이 고개를 살짝 돌리자 입을 연다.

"아이움의 위치를 찾았습니다."

"어디?"

"나스타 시티에서 배를 타고 빠져 나가려는 모양입니다. 지금 공격 할까요?"

니브아 후작은 고개를 내저었다.

"됐다. 폐하께서는 이 일을 최대한 비밀로 처리하길 원하셔. 게다가 이곳은 비록, 제국의 지배하에 있다고는 하나 제국의 땅은 아니다. 그들의 허가 없이 초인들을 활동시키는 건 엄연히 비난을 받아 마땅한 일. 배를 타고 나간다면 그때 공격을 한다."

"알겠습니다."

기사가 물러갔다.

니브아 후작은 그러는 동안 조용히 칼을 갈았다.

제국의 손꼽히는 강자, 니브아 후작의 눈은 어둠속에서 빛났다.

티라가 잠시 눈을 돌렸다.

"휴우."

어제까지만 해도 담요를 덮고 자고 있던 펜릴이 해가 뜨자 온데간데없이 사라졌다.

변명으로 들리겠지만 그래도 그와 있었던 약속이나 일들에 대해 오해를 조금 풀고 싶었다.

어차피 도와주지 않을 거라는 걸 알지만, 그래도 그에게 뭔가 해명하고 싶은 시간이나 기회가 있었으면 싶었다.

이렇게 사라진다면 평생 그의 머릿속에 티라라는 인물은 딱 이 정도 사람이라는 걸 각인하고 살 거다.

'차라리 잘 된 걸지도 몰라.'

괜한 부담이나 오해를 또 대화를 통해 안길지도 모른다.

티라는 한숨을 쉬며 다시 주변을 둘러 보았다.

하루 만에.

고작 하루 만에 아이움은 더 이상 활동할 수 없게 되었다.

이미 상황은 티라에게 '이쯤 했으니 됐어.' 라고 말을 하고 있다.

과거와의 추억이나 인연을 생각하기에 현실은 너무나도 냉혹했다.

"잭, 하고 싶은 말이 있어요."

"예, 티라님."

"수고했어요, 잭."

"예?"

잭은 어안이 벙벙한 얼굴로 티라를 쳐다본다.

티라는 잭의 어깨를 두들겼다.

"지금까지 못난 저를 끌고 와줘서 고맙다고요. 절대 이 은혜는 잊지 않을 거예요. 하지만, 지금 당장 이 은혜를 갚을 수는 없고 제가 살면서 두고두고 갚아 나갈게요. 여기서 벗어나면 일단 제국의 눈에 띠지 않는 곳으로 가세요. 몇 년 간 있다 나오면 제국이 찾지는 않겠지요."

"그, 무슨……."

"잭 뿐만 아녜요. 여기 있는 모든 분들은 제 얘기를 들어주세요. 지금 부로 아이움은 해체입니다. 여러분 마음대로 앞으로 사시면 돼요. 제 아버지인 라크, 그분의 인연과 상관없이 이제 살아주세요. 끝까지 함께 하지 못해 진심으로 미안해요. 더 이상 이 아이움은 정상적인 능력이나 무언가를 보여주기엔 불가능하다고 생각해서 이 결정을 내렸어요."

해체.

몇 년간 이어지던 단체가 한 순간에 사라지는 거다.

하지만, 더 이상 정상적인 활동을 하기에는 무리가 있다.

더 이상 링커들을 모집하려 해도 순수한 목적으로 몰려드는 이들도 없을 거고 괜한 일에 목숨을 걸만한 자도 없다.

이들의 구심점은 라크라는 그 이름 하나가 만들어가고 있었다.

하지만, 이젠 구심점도 상관이 없어졌다. 숫자가 너무나도 줄어든 것이다.

"지금 당장 해체라는 얘기는 아닙니다. 일단, 이곳을 안전하게 벗어나는 것 부터가 걱정이니까요. 사실상 이곳에서 육로를 통해 벗어난다면 그건 불가능에 가깝지만, 일단 이 근처에 있는 도시인 나스타시티에 있는 노아해를 통한다면 절대 그들이 쫓아올 수 없어요."

나스타시티와 다른 곳을 잇는 레귤러 선을 탄다면 일단 무리에 가려져 쉽게 몸을 피할 수 있다. 현재 아이움의 장점은 적은 숫자라는 것.

제국에서도 쉽게 알아차릴 수는 없을 거다.

"티라님……."

적은 숫자지만, 링커들도 그렇고 애니마도 그렇고 죄다 티라를 바라보았다.

티라의 눈가에서 눈물이 핑 돌았다.

"미안해요, 정말……."

다소 링커들에게는 당황스러운 시간이었다.

하지만, 그들도 현실을 인정하기 시작했고 이해했다.

그러자 순식간에 남은 일들은 처리되었다.

곧바로 나스타시티에 도착하여 노아해에서 그나마 가장 빨리 움직일 수 있는 정규선을 타기로 마음먹었다.

이곳에서 떠나기 전에 해체된 것은 아니라고 했지만 이미 전부가 입에서 말을 하지 않았다.

어떤 이들은 앞으로의 막막한 인생을, 어떤 이들은 씁쓸했던 과거를 생각하는 것 같았다.

제각기 생각하는 건 다르지만 정규선은 출발했다.

사람들간에 쉽게 섞일 수 있는 적은 인원.

아이움은 이제 없었다.

◆

니브아 후작에게 배 하나 구하는 건 사실 쉬운 일이었다.

것도 120명이 탑승할 수 있는 배.

제법 큰 규모이지만, 이미 황제로 부터 이 일을 맡으면서 천문학적인 액수의 돈을 받았다.

애초부터 정규선은 '빠른배' 랑은 거리가 멀었다.

'많이 실을 수 있는 배' 와 아주 가깝다고 볼 수 있다.

상당한 규모의 배, 빠른 배, 마지막으로 바다에 익숙한 선원들.

이 3가지가 충족되자 니브아 후작은 큰 돈을 지불하고 선원들을 고용하고 배를 구했다.

그리고 거리를 벌려서 정규선을 천천히 쫓았다.

"신호 하면 저 배와 거리를 좁혀서 우리가 넘어갈 수 있게 바짝 대게."

니브아 후작의 말에 조타장이 의문을 구했다.

"예? 그럼 부딪힐 텐데요."

"그게 목적이야. 자네는 그렇게만 해. 그리고 오늘 본 것과 들은 것을 아무에게도 말하지 않아줬으면 좋겠군."

니브아 후작의 엄포에 조타장이 침을 꼴깍 삼켰다.

검을 찬 120명의 사람들과 그를 이끄는 노인의 모습은 절로 위협스럽기 짝이 없었다.

"아, 알겠습니다."

연안을 벗어나자 니브아 후작이 본색을 드러냈다.

연안은 그나마 바다가 되게 잔잔한 편이지만, 내해에서 외해로 나가는 순간 파도가 거칠어 지기 시작했다. 키를 돌리는 게 쉽지가 않았다.

"붙이게."

니브아 후작의 한 마디에 조타장이 키를 확 돌렸다.

그러자 점점 정규선과 가까워졌다.

"고맙군."

니브아 후작은 그 한마디만 하고 바깥으로 나와 갑판에

대기하고 있던 기사들에게 말했다.

"오늘 일은 그 누가 알아도 안 된다. 모조리 죽여라."

"모조리 말입니까?"

"그 계집은 살려둬라. 계집의 옆에 있는 그 호위를 서고 있는 녀석만 어떻게 하면 쉽게 잡을 수 있을 거다. 난 그동안 다른 녀석을 잡겠다."

정규선이다.

아이움과 상관없이 수 십, 수 백 명의 승객들이 탑승해 있다는 뜻이다.

그런데 그들을 그냥 죽이란다.

죄도 없는 사람들이 같이 있다는 이유 만으로 죽임을 당하는 거다.

오르도 자작이었다면 애초에 이런 말도 안되는 작전을 생각하지도 않았을 거다.

그는 평민 출신이다. 다른 이들이 일에 휘말려 죽는 걸 생각하지 않았을 거다.

하지만, 니브아 후작은 다르다. 뼛속까지 귀족이다. 황제가 시킨 일에 휘말린 건 그냥 재수가 없는 자들이라고 생각하고 말 거다.

빠른 배는 바람의 영향을 받아 돛이 팽팽하게 펴졌다.

그리고 정규선에 달라붙었다.

쿠웅!

배와 배가 붙자 기사들이 검을 들고 폴짝 뛰어 올랐다.

그리고 난 데 없는 살육전이 반복 되었다.

누구라도 한 명 살아남으면 안 된다.

누구라도 오늘을 기억하고 있으면 안 된다.

누구라도 오늘일을 떠벌리면 제국에 좋은 꼴이 되지 못한다.

니브아 후작은 검을 빼들었다.

'자, 어디 있느냐?'

주변을 휙휙 둘러보았다.

풍덩! 풍덩!

사람들이 바다에 빠졌다.

"으아아악!"

"사, 살려줘!"

평범한 승객들이다.

용병도 탔고, 어떤 이들은 칼 좀 제법 쓸 줄 안다.

하지만, 초인들의 자비 없는 칼날은 그들이나 일반인이나 다를 게 하나 없이 만들었다.

수 백명이 탑승하는 정규선이다.

크지 않은 도시라고 해도 정규선에 탑승하는 이들은 많다.

배는 제법 크다.

120명이 살육을 하고 돌아다니는 동안 배 위는 난장판이 되었다.

◆

"잭!"

잠을 자고 있던 애니마가 번쩍 눈을 뜨며 외쳤다.

그러자 잭의 눈이 크게 부풀어 올랐다.

천리안.

"1km 안에 배 한 척이 다가옵니다. 엄청난 힘을 가진 자들이 타고 있습니다."

잭의 말에 티라의 얼굴이 구겨졌다.

"설마······."

"제국의 기사들이 확실합니다."

쿠웅!

잠시 후, 배에 작은 파열음이 들린다. 그 뒤에 곳곳에서 비명소리가 들려 왔다.

그들이 있는 곳은 승객실.

당연히 갑판에서 가까운 위치다.

이곳은 망망대해다. 뛰어 내린다고 도망칠 수 있는 곳 따위는 없다. 가장 가까운 곳으로 헤엄 친다고 해도 몇 시간 안에 당도할 수가 없다.

게다가 인간은 저체온증으로 이 추운 바닷속을 몇 시간이고 계속 버틸 수가 없다.

'실수다.'

설마하니, 이 정규선에 있는 모든 승객을 공격하는 것을 감안하면서까지 공격할 줄은 상상도 못했다.

수백명을 베어버린다니.

하지만, 지금 이것이 현실이 되고 있다.

"숫자는 120명 정도 됩니다. 잠시 후에 이곳까지 들이 닥칠 겁니다. 일단 배를 탈출하는 게 나을 것 같습니다."

"탈출 해서 어디로요?"

"이런 상황에 대비하여 선원들이 작은 배들을 달아났을 겁니다. 그걸 타면 지금 보다는 가능성이 큽니다."

돛단배를 얘기하는 거다.

위험 상황이 닥치니 선원들이 사방으로 퍼지면서 돛단배 쪽으로 도망친다. 그걸 얻어 탄다면 어떻게든 살아 나갈 지도 모른다.

'초인들에게서?'

초인들이라고 하늘을 나는 건 아니다. 멀리 있는 상대를 공격하기가 쉬운 것도 아니다.

운이 좋다면 살아남을 수도 있다.

"애니마! 티라님을 모셔라. 시간은 내가 번다."

"알겠어."

"부, 부상당한 링커들은요?"

"잊으십쇼."

경상도 아니고 중상을 입은 링커들은 쉽게 움직일 수도 없다.

"가자, 언니!"

티라가 혼란스러워하는 와중에 애니마가 억지로 그녀를 끌고 갔다.

그 사이에 초인들이 들이 닥쳤다.

"여기 있다! 아이움 소속 계집이 여기 있다!"

"애니마! 어서 데리고 나가!"

잭이 팔과 다리를 각성화 시켰다.

그리고 기력탄을 전방을 향해 쏘아냈다.

콰콰쾅! 콰쾅!

잭은 아예 배를 폭발시켜버리려는 듯 초인들이 아닌 배를 향해 공격을 했다. 기력탄에 맞은 배가 구멍이 뚫리고 물이 새기 시작했다.

"재, 잭!"

애니마가 잭을 불렀다.

하지만, 그녀의 부름도 오래가지 못했다.

◆

"빌어먹을! 제국 새끼들이 나가는 동안 대체 뭘 했어?"

게레로의 책망에 남자가 고개를 푹 숙였다.

"죄송합니다."

"멍청한 자식. 바다로 나가면 우리가 대체 놈들의 무엇을 알 수 있겠느냐고! 우리도 배를 구해."

"지, 지금 말씀이십니까?"

"그럼, 지금이지 그걸 질문이라고 해!"

"아, 알겠습니다."

남자가 순식간에 사라졌다.

초인들이 60명이 죽었다. 전해 줬던 링커들의 힘 보다 더욱 강하기 때문인지, 아무래도 니브아 후작은 캔슬러를 믿지 못하는 눈치다.

그렇지 않다면 말도 안하고 배를 구해 나갈 필요가 없지 않은가.

'하필이면, 바다라니.'

육지와 바다는 다르다.

싸울 수 있는 전장의 환경도 달라지니 만큼 초인들이 제 힘을 내는 건 불가능하다.

아무리 강한 초인이라고 해도 바닷물에 들어가는 순간 일반인과 크게 달라질 게 없다.

특히나 요즘처럼 차가운 바닷물에 들어가 있으면 저체온증이 오기 십상이다. 초인들이라고 저체온증으로 부터 자유로울 수 없다.

상대방이 죽자고 달려 들었을 경우. 배를 모조리 박살냈을 경우를 생각해봐야 한다.

자칫하다가는 120명 초인들이 몰살을 당할 수도 있다.

몰살을 당해도 상관은 없다. 하지만, 상대방에는 트론왕의 날개를 가진 자가 있다.

괜히 몰살만 당하고 아무 것도 얻지 못한 채로 사라져 버리면 캔슬러로써는 니브아 후작과 맺은 계약이 다 수포로 돌아갈 뿐이다.

'니브아 후작의 강함은 익히 들어 알고 있다. 주변에 있기만 하더라도 살이 떨릴 정도의 초강자 인 것도 맞다. 하지만, 상대는 트론왕의 날개만 가진 게 아니다.'

게레로는 인상을 찡그렸다.

육지에서 싸워도 잡을 랑 말랑한 상대를 바다까지 쫓아가다니.

"준비됐습니다."

그 한 마디에 게레로가 자리에서 벌떡 일어났다.

◆

먼지 바람이 일어났다.

앉아 있는 갑판이 기묘한 각도로 기울었다. 그 먼지 속에서 빠른 칼 하나가 날아와 잭의 가슴을 찌른다.

푸욱-!

잭의 눈동자가 배는 커졌다.

잭은 하체에 힘이 풀린 듯 자리에 털썩 주저앉았다.

슬쩍 아래를 내려다보니 검의 손잡이가 보일 정도로 깊게 찔렸다. 뒤를 보면 칼이 길게 나와 있다.

내장을 다쳤다.

이렇게 심한 먼지바람속에서 상대방은 잭의 가슴을 정확하게 찔렀다.

그것도 칼을 던져서.

그 모습을 보고 깜짝 놀란 티라가 외쳤다.

"잭! 재애액!"

"쿨럭!"

잭이 피가 담긴 기침을 토해냈다.

숨을 쉬기가 이상하게 되게 불편했다.

"제대로 맞았나?"

먼지 바람을 뚫고 니브아 후작이 나타났다.

"역시 제법 실력이 있군. 심장을 찌를 생각이었는 데 말야."

그 찰나의 순간에도 몸을 비틀었다. 그래서 심장이 아니라 폐를 찔렸다. 잭은 숨을 쉬기가 굉장히 불편했다. 하지만, 폐는 즉사부위가 아니다. 폐가 찔려도 평범한 사람들도 몇 시간은 생존을 할 수가 있다. 더군다나 잭은 마나연 공법까지 가진 링커다.

마음만 먹는 다면 며칠도 생존할 수 있을 거다.

하지만, 폐를 찔린 이상 살아난다는 건 불가능한 일이다.

잭은 칼을 가슴에서 뽑았다.

이어서 칼을 뽑은 위치에서 피가 쏟아져내렸다.

"하아, 하아."

잭의 숨소리가 거칠어졌다.

그러더니 한 순간 숨을 멈추고 양손을 축 늘어뜨린다. 한손은 가슴을 한 손은 자신의 등을.

아주 작은 기력탄.

아주 적은 마나.

상처 부위가 불에 타올랐다.

피가 거짓말처럼 멈췄다.

잭은 소매로 자신의 입가에 흐르는 피를 스윽 닦고는 니브아 후작을 쳐다봤다.

니브아 후작의 동공이 커졌다.

다소 놀라운 표정이다.

상처부위를 태워 더 이상의 출혈을 스스로 막아버렸다.

모르긴 몰라도 폐의 구멍까진 막지 못했을 거다. 숨을 쉬는 게 불편하기는 해도 이제 출혈은 신경쓰지 않고 싸울 수 있을 거다.

"허어, 대단한 자로고."

니브아 후작이 손을 뻗었다. 그러자 칼이 거짓말처럼 스스로 날아가 후작의 손에 척! 하니 감겼다.

"말도 안돼는……."

잭은 그 모습을 보고 입을 떠억 벌렸다.

마나를 신체에 보내어 사용할 줄 알고, 마나가 몸에 있는 자들은 '기사'가 될 수 있다. 그런 기사들 중 수련을 10년, 20년씩 쌓다 보면 어느 순간 어느 벽을 뚫고 올라가게 되는 데 그걸 '초인'이라고 부른다.

초인들은 자신들의 검에 마나를 불어 넣을 수 있다.

그런데 초인들 중, 아주 극소수에 이른 초인들 중 마나를 방출하여 '컨트롤' 할 수 있다고 한다.

마나를 살짝 조작하여 검을 움직이고, 그걸 자신의 손으로 움켜쥔 거다.

"놀랍나?"

니브아 후작의 말에 잭이 입을 다물었다.

"나도 익숙하지는 않네만. 조금 더 익숙해지면 손에 칼을 쥐지 않고도 사용할 수 있을 것 같지만 아직까지 그 정도는 아니라서 말이야."

넘어져 있던 잭은 자리에서 벌떡 일어났다.

그는 한 순간만에 깨달았다.

'최소 나 보다 두 수 위!'

고개를 뒤로 돌렸다.

턱짓을 한다.

신호를 받은 애니마가 고개를 한 번 끄덕이더니 억지로 티라를 끌고 나간다.

"어딜!"

니브아 후작이 검을 휘둘렀다.

검이 푸르스름하게 물들더니 물들었던 마나가 방출이 되었다.

"이런!"

기묘한 기술이다.

링커도 아닌데, 스몰 데빌도 아닌데.

마나를 방출한다니?

초승달 모양으로 날아간 검은 애니마와 티라가 있는 곳으로 날아간다.

잭이 막으려 했지만 이미 늦었다!

그 순간, 애니마가 빛을 바랬다.

그녀의 눈 앞으로 얇은 방어벽이 쳐진다.

그리고 그녀는 그것으로도 모자른지 방어벽을 여러 개더 둘렀다.

쨍그랑!

유리창이 깨지는 듯한 착각을 일으키는 소리다.

애니마는 다시 손을 휘둘렀다.

거대한 젤리 같은 것이 생성 되더니 방어벽을 여러 개 뚫고 들어온 마나를 감싸더니 무력화시켰다.

"대단한 아가씨로군!"

애니마의 이마에 땀이 송골송골 맺혔다.

운이 좋았다.

결국 절삭력이 뛰어난 기술이라 할 지라도 마나의 방출에 불과하다. 쉴드와 마나의 힘을 최소화 시키는 마법을 걸면 막을 수 있다.

"마법사들의 뛰어난 머리란. 쯧! 이것도 막아 보시게."

니브아 후작은 다시 한 번 마나를 방출시켰다.

하나가 날아 간다.

그러고 다시 한 번 휘두른다.

이번엔 두 개 째.

애니마의 표정이 사색이 되었다.

그녀는 공격마법사지 방어에 취중한 마법사가 절대 아니다.

고위급 마법사이기는 해도 그녀의 나이는 어리다.

익힐 수 있는 마법에는 한계라는 게 결국 존재하기 마련이다.

애니마가 외쳤다.

"잭! 피해!"

그러고 손짓을 하자 불덩이 마법이 두 개가 날아간다.

콰앙! 콰앙!

잭은 그녀의 소리를 듣고 몸을 옆으로 날렸다.

애니마의 작전은 간단했다.

중간에 무언가와 부딪히게 만들어서 둘다 폭발시킬 속셈이었다.

그런데 그녀가 한 가지 착각한 게 있다면, 생각보다 니브아 후작이 쏘아낸 기술은 엄청난 절삭력을 지녔다는 것.

불덩이를 반으로 가른 마나는 티라와 애니마의 옆을 지나쳤다. 그나마 다행인 것은 폭발의 영향으로 방향이 바뀌었다는 거다.

허공에 티라의 머리카락이 날렸다.

긴 생머리를 자랑하던 그녀가 단숨에 단발머리로 바뀐 거다.

위치가 조금 바뀌었다면 목이 달아났을 거다.

"과연."

니브아 후작이 다시 검을 휘두르려고 하자 잭이 이번엔 팔을 휘둘렀다.

"멈추시오!"

기력탄이 쏘아져 날아간다.

니브아 후작은 그 자리에서 움직이지도 않고 칼을 파팍! 하고 공중을 향해 찔렀다.

기력탄이 펑! 펑! 하니 터졌다.

"해냈어, 잭!"

애니마가 외쳤다.

잭은 고개를 내저었다.

"죽을 리가 없다. 어서 티라님을 모시고 나가라."

"뭐?"

기력탄이 터진 곳에서 뚜벅뚜벅 니브아 후작이 먼지 구름을 뚫고 걸어 왔다.

잭은 배를 부수기 위해 반쯤 초전박살시켰다. 지금 그들이 서있는 곳도 기우뚱해졌다. 위치는 점 점 바다에 가까워진다. 니브아 후작은 바닥이 벽 처럼 기울었음에도 불구하고 그곳을 마치 거미 처럼 척! 하니 붙어 있었다.

"나갈 수 있다고 생각하면 곤란하다."

그는 칼을 여러 번 휘둘렀다.

이번에도 방출된 마나가 티라와 애니마를 덮쳤다.

애니마는 이를 악물고 티라보다 한 발자국 앞으로 나왔다.

그러고 순식간에 주문을 외웠다.

주문은 빨랐다.

1초도 걸리지 않았다. 마나는 티라의 몸에 닿기 전에 갑자기 훅! 하고 바닥으로 꺼졌다.

니브아 후작의 표정이 다소 굳었다.

애니마가 한 행동은 어느 구역의 중력을 자기 마음대로

바꿔버린 거다.

마나는 중력으로 부터 자유롭지 못하다. 중력을 바꾸어 마나의 무게를 무겁게 바꿔버린다면, 마나는 견디지 못한다.

중력을 단숨에 바꾸는 건 초급 마법사들이 할 수 있는 게 아니다. 최상위 마법사들이나 가능한 거다. 엄청난 마나를 사용해야 한다.

무엇보다.

시전자는 그 시간 동안 움직일 수 없다.

이건 간단하게 말해서 애니마가 도망가는 걸 포기한다는 의미다.

티라는 애니마의 뒤에 섰다.

조절할 수 있는 중력의 영역은 아주 좁다. 원이나 혹은 사각형의 모양으로 그 범위를 재는데, 기껏해야 1m가 넘지 못한다.

티라는 당연히 중력마법으로 부터 자유롭다.

하지만, 혼자 도망가야 될 처지다.

저 방출하는 검을 막을 수 있는 사람은 오직 현재 애니마밖에 없었다.

'어떻게, 어떻게 도망가라고.'

자기 보다 어린 애니마가 있는 데 어떻게 도망가라는 건가.

자신을 위해 싸우는 잭을 보고 어떻게 도망가라는 건가.

하지만, 답이 보이지 않는다.

"도망가지 않는다면 나야 편하지."

니브아 후작은 잭을 향해 달려 들었다.

잭이 이리저리 뛰어다니면서 니브아 후작과 싸움에 들어갔다.

콰쾅! 콰쾅!

기력탄을 이용한 장거리 공격과 근접전.

그런데 니브아 후작은 저 기력탄으로 부터 굉장히 안전한 느낌을 받는다.

마나를 정점으로 다루니 방어력이 극대화가 된 거다.

과연 황제의 호위 다운 실력이었다.

제국에서 손가락안에 드는 실력자라는 게 그냥 붙은 게 아니었다.

링커의 역사는 짧다.

니브아 후작은 제국에 링크가 퍼지기 전에도, 그 수 십 년 전 부터 검을 수련한 자다.

링커들이 신기한 기술을 발휘하고 있기는 하지만, 애초 부터 그의 상대는 되지 않는다.

당황스러웠던 건 사실이다. 하지만, 적응은 오래 걸리지 않는다.

채엥!

이상한 소리가 들렸다.

"크학!"

잭이 비명소리를 냈다.

마수로 변한 한쪽 팔이 날아가 바다로 떨어졌다. 바다를 내려다보니 시체들이 둥둥 떠 있다.

"이만 포기하게. 이제 도망갈 방법도 없는 것 같군. 내 수하들이 이 배에 있는 모든 자들을 처리한 모양이군. 그건 그렇고 정말 아쉬워. 펜릴이라는 자를 만나고 싶었는 데."

니브아 후작은 그 펜릴과 싸우기 위해 이곳에 온 거다. 그런데 아무리 찾아도 보이지 않자 그가 직접 잭을 상대하기 온 거다.

잭은 상대하기 벅차다. 초인들에게 있어서.

강자를 잡는 데는 강자의 힘이 필요한거다.

물론, 그 강자들 사이에도 이런 압도적인 힘의 차이가 있지만.

잭은 팔이 하나 날아간 상황인데도 여전히 전투의 의지를 활활 불태웠다.

"계속 싸울텐가?"

◆

"쿨럭! 큭큭! 폐가 찔리지 않았소? 어차피 죽는다면 의미 있게 죽고 싶소만."

"현명하다고 해야 할지, 멍청하다고 해야 할지. 쯧!"

니브아 후작은 가볍게 검을 푸욱 찔렀다.

잭은 그 간단한 찌르기도 피하지 못하고 어깨가 관통당했다.

"으아악!"

비명을 내지른다.

그때, 화끈한 불덩이 하나가 날아와 니브아 후작을 때린다.

콰아앙!

작은 폭발이 일어난다.

치이이익!

니브아 후작은 왼손을 들어 올려 불덩이를 막았다. 살이 타는 냄새가 난다.

왼손에 아주 작은 화상을 입었다.

"그러고 보니 아가씨도 있었군."

"얕보지 않는 게 좋을 걸. 난 제법 쎄니까."

애니마의 말에 니브아 후작이 피식 웃었다.

"과연……."

애니마가 외쳤다.

"잭! 미안. 언니 옮기는 건 포기했어. 불가능 한 일이야."

"쿨럭! 쿨럭!"

잭은 희미한 웃음을 지었다.

여기가 끝인 것 같다. 여기서 벗어난다고 해도 바깥에는 120명의 초인들이 있다. 이 배는 가라앉고 있다. 여기서 벗어난다면 어디로? 돛단배로? 돛단배를 탄다고 해도 애초에 제국인들이 타고 온 배에게 쫓기다가 잡힐 거다.

사방팔방, 이 망망대해서 도망갈 수 있는 방법은 그 어떤 것도 존재하지 않았다.

절망.

그 공포감이 눈앞을 가렸다.

'이것이 죽음인가.'

링커인 이상, 언젠가는 죽겠구나 싶었다. 아니, 그 시기는 자신이 생각했던 미래 보다도 더욱 빨리 올 수도 있겠다 싶었다.

오늘 이렇게 자신이 죽음을 맞이할 줄은 누가 알았겠는가.

'죽더라도.'

어차피 이곳에서 살아 나간다 하더라도 잭은 폐에 구멍이 난 이상 살아날 방법은 없다.

'의미있게.'

목숨의 가치를 알아주는 사람을 위해 죽는다는 것.

'결코 나 혼자 죽는 일 따윈 없을 거다!'

잭은 한쪽 팔을 길게 늘렸다.

과거에 잭이 스몰 데빌을 잡을 때 얘기다.

스몰 데빌은 악마. 인간계에 거주하고 있는 유일한 악마다.

마수로 취급받고 있지만, 몬스터 보다는 마수가 강하고 마수 보다는 마족이 강하다.

스몰 데빌은 마수들 보다는 강하고 마족 보다는 약하다. 그 경계에 잇는 녀석이다. 분명한건 이름에 '데빌' 이라는 건 아무나 붙여주지 않는다. 분명히 마족이기 때문에 그런 이름이 붙는다.

잭은 한 마리도 겨우 겨우 사냥을 했다. 스몰 데빌은 약하지 않다. 지금껏 본 마수들 중에 가장 강했다. 그런데 녀석들은 독특한 힘을 가지고 있었다.

꼭 죽기 직전에 상대방과 같이 죽고 싶어하는 거다.

동귀어진.

위험한 수법이지만, 잭은 그 때문에 죽을 뻔한 경험을 많이 겪었다.

팔에 있는 마기를 비정상적으로 팽창시켜서 공기와 맞닿으면 폭발을 일으키는 거다.

'애니마와 둘이 싸운다고 하더라도 이길 수는 없다.'

애니마가 니브아 후작에게 충격을 주려면 최소 캐스팅이 오래 필요한 마법이 필요하다. 그런데, 그런 마법을 사용하도록 니브아 후작이 내버려둘 수가 없다.

잭이 그렇다고 오랜 시간 견뎌줄 수 있는 게 아니다.

차라리 셋 다 죽을 빠엔 이곳에서 잭이 니브아 후작을 데리고 저승으로 가는 게 옳다.

'언젠가 쓸 일이 있다고 생각했지만.'

잭은 피식 웃었다.

'자, 가자.'

잭은 마나를 팔에 불어 넣었다.

"애니마!"

잭이 애니마를 부르자, 애니마가 손을 뻗었다.

나무로 된 바닥이 갈라지더니 니브아 후작을 옭아맨다.

"허튼 수작이다!"

니브아 후작이 가볍게 도약을 했다.

그때, 잭이 팔을 뻗었다.

잭과 니브아 후작의 거리는 3미터는 될 법하다.

하지만, 잭의 팔은 '늘어' 난다.

마차 지붕 위에 서서 팔을 늘어뜨리자 바닥까지 닿을 정도로 길었다.

처억!

잭의 손이 니브아 후작의 옷깃을 잡았다. 그러자 팔이 혼자 움직이더니 니브아 후작의 몸을 감쌌다.

"큭!"

잭이 그 순간 고개를 돌렸다. 그가 바라본 곳은 티라가 아니라 애니마다. 잭의 눈빛에 서린 말이 허공에서 얽혔다.

"언니!"

애니마는 티라를 향해 달렸다. 그러는 와중에 방어벽을 쳤다.

콰아아아앙!

그리고 그 순간 엄청난 파괴력을 일으킨 폭발이 일어났다.

"재애액!"

티라가 잭을 불렀다. 하지만 그녀도 곧 폭발에 휘말렸다.

적절한 시간에 애니마가 티라를 낚아챘다. 멀리 있는 그들에게 까지 폭발이 휘감았다. 애니마는 이중 삼중으로 방어벽을 쳤다.

방어벽이 여러 차례 깨졌다.

애니마는 온힘을 다해 방어벽을 여러 개 더 둘렀다.

폭발이 줄어들었다. 티라와 애니마가 눈을 살짝 뜨자 폭발된 현장에서 잭의 모습은 온 데 간데없었다.

폭발에 휘말린 그가 온전한 시체를 보인다는 것은 사실 불가능에 가까운 것이었다.

애니마는 주위를 둘러보았다.

잭이 죽은 것 보다 중요한 건 니브아 후작의 생사다.

"날 찾나, 아가씨?"

갑자기 애니마는 소름이 끼쳤다.

등 뒤를 돌아보자 멀쩡한 니브아 후작이 옷을 툭! 툭! 손으로 털어 냈다.

"어, 어떻게?"

니브아 후작은 링커와의 싸움에 그다지 익숙하지 못하다.

대게 당시 북방의 이민족과의 전쟁에 참여하지 않은 자들은 그렇다.

폭발하려는 의도를 알아차리지 못했을 거다.

그런데 아주 멀쩡한 형태로 살아 있다니.

뿐만 아니라, 그는 언제 애니마의 등 뒤로 와 있단 말인가.

니브아 후작은 스몰 데빌의 능력에 그런 것이 있는 줄 사실 알 리가 없다. 경험이 풍부한 기사들이라고 해도 모를 거다. 스몰 데빌 자체가 생소하기 때문이다. 하지만, 그는 초인이다. 초인들 중에서도 최상위권에 위치한 그런 초인. 마나의 흐름이 이상하게 변한다는 걸 깨닫고 칼로 잭의 팔을 자른 채 순식간에 도망을 쳤다.

잭의 실수는 니브아 후작의 온 몸을 묶기는 했지만, 팔을 자유자재로 내버려뒀다는 거고 무엇보다 팔이 하나 잘린 상태라 폭발력도 작고, 속박하려는 힘도 약했다.

게다가 상대는 초인들 중에서도 초인.

보통 사람 같으면 팔 하나로도 충분히 갈비뼈를 부러 뜨릴 정도로 큰 충격을 줬겠지만, 니브아 후작은 큰 무리 없이 탈출에 성공하여 순식간에 애니마의 뒤로 이동했다.

마법사인 그녀가 방어마법을 펼칠 거라는 건 뻔히 알기 때문이다.

눈에 보이지도 않을 빠르기로 그 같은 많은 일을 한 번에 해낸다는 것은 엄청난 거다.

'다르다, 수준이 달라.'

애니마는 눈을 질끈 감았다.

"일단 성가신 마법사 아가씨 부터 처리하는 게 좋겠군."

니브아 후작은 애니마의 목을 들어 올렸다.

가벼운 그녀의 몸이 허공으로 두둥실 떠올랐다. 애니마는 숨이 막히는지 발로 니브아 후작을 계속 걷어찼지만 꿈쩍도 하지 않았다.

"어, 언니……."

애니마가 티라를 바라보았다.

티라는 라크로부터 마나연공법을 배웠다. 그녀가 가진 마나연공법은 그녀를 기사 이상의 수준으로 만드는 데 한몫했다.

하지만, 검도 없는 그녀가 맨손으로 마나연공법만 믿고 덤비기에 니브아 후작은 너무 강했다.

찰싹!

"꺄악!"

이를 악물고 달려드는 티라의 뺨을 후려 치자, 티라는 저 멀리 날아갔다.

"자, 이쯤 놀아 줬으면 됐겠지. 아가씨들."

니브아 후작은 팔에 힘을 줬다. 그의 팔 힘을 소녀인 애니마가 견딜 수 있을 수준은 아니었다.

애니마는 얼굴이 벌게졌다. 심장은 빠르게 뛰고 시야는 점점 좁아진다.

'숨을, 숨을 못 쉬겠어.'

애니마는 발버둥 거렸지만, 소용이 없었다. 이런 상황에서는 마법도 사용할 수 없다. 억센 니브아 후작의 팔에 도저히 저항할 길이 없었다.

그런 애니마의 눈에 저 바깥, 하늘에서 이상한 것이 보였다.

'새? 새일까?'

새는 아닌 것 같다. 이 근처에서 저렇게 큰 날개를 가진 새가 있단 말인가.

검은색 날개. 그런데 그 날개를 가진 건 새가 아니다.

'사람.'

날개를 가진 사람.

당장 마법사들이라면, 서큐버스나 인큐버스 같은 현혹의 악마들을 생각하겠지만 애니마는 희미하게 웃었다.

'웃어?'

애니마가 웃는다.

그러니 신기하다.

이런 상황에서 웃음이 나온단 말인가?

니브아 후작은 아무리 생각해도 이해가 가지 않았다. 죽음을 앞에 두고 웃음이라니.

방금 전에 폭발로 죽은 녀석도 그랬다. 이 녀석들은 이상하게 죽음을 목전에 두고 웃기 바쁘다.

그런데 애니마의 시선이 한 군데에 고정되어 있다.

니브아 후작은 그 시선을 따라 뒤로 돌렸다.

슈우웅!

바람이 불었다.

바람이 사라지자 남자 하나가 침몰해가는 배 위로 올라왔다.

◆

'피곤하다.'

몇 시간을 날아왔는지 모르겠다.

펜릴은 자신의 등을 긁었다.

잠식 부위 때문인지 그쪽이 굉장히 간지럽다.

'이제, 이 가려움도 끝이다.'

크라켄의 쓸개만 얻는다면 잠식에 신경 쓸 필요가 없다.

펜릴은 주변을 둘러보았다.

때 죽음.

시체가 산을 이뤘다.

바다에서 산이라니.

그만큼 많은 시체들이 쌓여 있다.

이제 이 배는 침몰한다. 이 침몰하는 배 위에 사람들은 없다. 옆으로 옮겨 탄 것 같다.

펜릴은 고개를 들어 올렸다. 옆 배에서 펜릴을 내려다본다.

칼에 묻은 피를 보니 그들이 배에 탄 작자들을 모두 죽인 것 같다.

기세가 날카롭기 그지없다.

기사들, 그것도 초인들이다.

얼마 전에 죽인 그 초인들과 별 다를 바 없는 그 자들인 것 같다.

이른바 '한패'라는 거겠지만.

펜릴이 이곳을 찾아온 건 사실 우연도 있겠지만, 티라 때문이었다.

티라가 정규선을 타고 떠나는 것을 보았다.

펜릴은 떠나라고 말했다.

사실 그녀가 계속 이곳에 눌러 앉는다는 것 자체가 굉장히 위험한 일이었다.

그런데 하필이면 그 배를 제국에서 쫓았을 줄이야.

출발 시기가 달랐다.

그래서 보지 못했다.

그런데 어느 시점부터 그들의 위치를 놓치자 펜릴은 곧바로 바다로 날아올랐다.

날개에 익숙해졌다. 기류를 보는 눈이 생겼다. 그 기류를 타고 빠르게 이곳에 안착했다.

'기묘한 느낌이다.'

배위에 서 있지만 이 아래에서 무언가가 펜릴을 노려보는 느낌이다.

-크라켄이 이 근처에 있다.

'알아, 그런 느낌을 받고 있어.'

-놈은 인간의 냄새를 맡았다. 조금씩, 조금씩 다가 오고 있다. 아마 완벽한 순간이 되면 옭아 맬 거다.

펜릴은 고개를 끄덕였다.

크라켄이 나타날 때 까지 가만히 있을 생각은 없다.

'어차피 정리해야 돼.'

크라켄이 나타날거면 더욱 완벽한 순간을 만들어놔야 한다.

메인 디쉬로는 초인 120명 정도면 될 것 같다.

그런데, 놈들은 펜릴을 보고도 섣불리 달려들거나 하지 않았다.

그들은 펜릴의 무력을 알고 있는 거다.

그를 잡기 위해서는 엄청난 피해를 감수해야 한다는 걸.

-네놈이 찾고 있는 그 계집이 살아 있다.

'어디?'

-이 바닥 밑이다. 누군가에게 잡혀 있는 모양이군.

펜릴도 그런 느낌을 받고 있다.

등골이 오싹할 정도의 강자가 있다는 것을.

-구하러 갈 생각이냐?

펜릴은 고개를 내저었다.

다리와 팔, 그리고 눈까지 한 번에 각성 시켰다.

펜릴의 모습은 도저히 인간이라고 하기 어려울 정도로 기괴한 모습으로 변했다.

펜릴은 날개짓으로 제국 기사들이 타고 온 배에 올라탔다.

여기는 망망대해.

다시 말해, 이 배를 부셔버리면 이 기사들은 펜릴을 죽인다 하더라도 살아 남을 수 없다.

펜릴은 팔을 들어 올렸다.

콰아아앙!

그는 배의 갑판 부분에 커다란 구멍을 만들었다.

몬스터
링크

monster link

종결식

NEO FANTASY STORY

종결식
monster link

펜릴이 가지고 있는 기술들을 보면 죄다 일대일, 대인전술에 익숙하다.

애니마처럼 강력한 마법, 혹은 그에 준하는 기술이 있는 것도 아니고 잭의 기력탄 같은 것도 전혀 없다.

빠른 발, 지치지 않는 하체, 물리데미지의 대부분을 막아주는 팔.

사실 보면 공격 보다는 펜릴은 방어에 취중한 스타일이라고 보면 된다.

펜릴은 일단 씨스톤을 각성화 시킨 상태에서 배에 구멍을 만들었다.

무려 120명이나 되는 초인들을 싣고 온 배를 박살내기 위해서는 펜릴은 많은 시간을 소비할 수밖에 없다. 물론, 그 과정에서 그 배를 타고 온 초인들이 멍 하니 지켜보고만 있는 것도 있을 수 없는 일이다.

펜릴이 배에 구멍을 내는 순간 그들은 곧바로 검을 뽑아 들었다. 그에게 함부로 달려들지 말라는 지시가 있긴 했지만, 이대로 가만있다가는 바다에 수장될 것 같았다.

"멈춰라!"

펜릴은 그 말 한 마디에 동작을 멈추었다. 그리고 그에게 말을 건 초인을 힐끔 쳐다보았다.

파각!

펜릴은 다시 고개를 내리더니 배를 부쉈다.

"멈추라는 말 안 들리나!"

펜릴은 정말 들리지 않는 듯 연이어 배를 박살냈다.

갑판에 구멍이 뻥뻥 뚫렸다.

이윽고 참지 못한 초인 하나가 펜릴을 향해 달려 들었다.

고개를 살짝 든 펜릴이 옆으로 피했다.

콰아아앙!

마나를 잔뜩 머금은 검이 갑판을 완전히 베어 버렸다.

펜릴은 발 뒤굽치에 힘을 주자 갑판의 그 부분이 완전히 폭싹 주저앉았다.

"이, 이놈이……!"

펜릴은 가볍게 스텝을 밟았다.

초인이 잔뜩 화를 내자 펜릴은 가타부타 그 초인에게 다가가 주먹을 날렸다.

퍼억!

"으악!"

코피가 허공에 뿌려졌다.

초인은 벌게진 얼굴로 뒤로 3발자국 주춤주춤 물러났다.

"죽여버리겠다!"

초인이 검을 위로 들고 펜릴을 향해 내리쳤다.

미친 거다.

여긴 120명의 초인이 고스란히 남아 있다. 홀로 이 자들에게 덤빈다니.

펜릴은 트론왕의 날개를 접었다. 날개는 크다. 표적이 크기 때문에 노리기만 날개가 찢어질 수도 있다. 복구는 되지만, 하루 이틀 안에 가능한 건 아니다. 배가 침몰했는데, 날개가 없으면 난감하다.

펜릴은 가볍게 피하고 손목을 붙잡고 그대로 팔꿈치로 턱을 박살냈다.

쩌어어엉!

괴상한 소리가 들렸다.

턱뼈가 부러진 거다.

초인의 입이 다물어지지 않았다.

초인도 결국 인간이다. 턱뼈가 부러지지 않을 수가 없다. 다만 일반 사람들 보다 뼈가 더 단단한 거 뿐이다. 펜릴은 그에게 다가가 멱살을 붙잡고 바다에 빠뜨렸다.

풍덩!

"놈을 죽여!"

마치 신호라도 된 것 마냥 초인들이 펜릴을 향해 달려들었다.

"좋아!"

펜릴은 가볍게 주먹을 말아 쥐고 다가오는 초인의 얼굴을 아래에서 위로 쳤다.

빠각!

머리가 위로 뽑히는 게 아닌가 싶을 정도로 충격이 컸다.

혀를 깨물었는 지 바깥으로 잘린 혀가 튀어 나왔다.

펜릴은 전광석화처럼 움직였다.

말이 120명이지, 어차피 한 번에 싸울 수 있는 인원은 기껏해야 둘 아니면 셋 이다.

다만 120명이나 되는 인원이 둘러싸니까 펜릴은 움직일 수 있는 영역이 제한 돼 있었다. 남들 보다 한 수, 두 수는 앞서 생각하며 움직여야 된다.

언제부터인가 펜릴은 이런 싸움이 굉장히 익숙해졌다.

지치지도 않았다.

붉은 열매의 에너지는 어차피 끝없이 솟구친다.

펜릴은 그 배 위에서 요리조리 잘도 피해 다녔다.

몇몇은 뒷목을 잡고 그대로 바다에 떨어뜨렸다. 바다에 빠진 초인들은 순식간에 갑판 위로 다시 올라와 펜릴을 공격했다.

'안 맞는 다니.'

초인들은 허공으로 검을 베었다.

어쩔 땐 엉키기도 했다. 동료가 맞는다. 동료가 피를 뿌린다.

잠시 그 때문에 팔이 멈칫한다. 그럼 여지없이 펜릴이 그 자를 향해 공격을 한다. 단숨에 눈이 돌아가고 기절을 한다.

검을 모조리 양손으로 막아 낸다. 그래서 성가신 다.

펜릴은 정말 미쳐서 날 뛰는 게 아닌 가 싶었다.

양떼에 들어간 늑대 처럼.

초인이 양떼라니.

웃음만 나오는 상황이다.

초인들이 스무명쯤 쓰러졌다.

펜릴은 지친 기색이 없다. 초인들은 조금씩 공포감이 생기기 시작했다.

"그만!"

바로, 그때 큰 소리가 하나 들렸다. 원으로 둘러싸고 있던 초인들이 한 발자국 두 발자국 뒤로 물러났다.

그들은 쳐다보지도 않았다. 펜릴도 초인들을 바라보며 시선을 거두지 않았다. 어차피, 안 봐도 알 수 있다.

펜릴이 120명이나 되는 초인들을 상대로 쉽게 싸울 수 있는 건 망령 때문이다.

망령이 가지고 있는 망령의 눈.

단순히 1인칭이 아닌 3인칭의 시선으로 볼 수 있다.

배 안이 아닌 배 위에서 밑을 내려다보니 펜릴이 쉽게 움직일 수 있는 공간이 만들어 진다.

"꽁지 빠져라 도망간 줄 알았더니. 동료들이 다 죽고 나서야 이제야 나타나다니. 허허!"

니브아 후작이다.

등골이 오싹해질 정도의 강자.

그는 양 손에 티라와 애니마를 하나씩 들고 그녀들을 침몰하는 정규선의 망루에 내려놨다.

"뭔가 착각하고 계시군. 난 영감님이 생각하는 것과 다르게 그 자들과 아무런 연관이 없는데요."

니브아 후작의 표정이 살짝 굳는다.

"연관이 없다?"

"연관이 있다면 동료들이 죽는 데 뭣 하러 홀로 있었겠습니까?"

생각해보니 그렇다. 꽁지 빠져라 다른 곳에 있었던 이유가 분명히 있을 거다.

"너는 아이움과 연관이 없다는 얘기냐?"

펜릴은 귀를 후볐다.

"왜 그렇게 오해를 하고 계시는지 모르겠지만, 영감님의 예상과 다르게 난 아무런 소속이 없습니다."

니브아 후작이 펜릴을 바라본다.

펜릴은 정말 평온한 표정이다.

동료들이 죽었으면 화라도 났겠지만, 그는 전혀 그런 게 없어 보인다.

"거짓말을 하고 있는 것 같은데. 한 번 확인해 봐도 좋겠지."

니브아 후작이 애니마의 목을 집어 들었다.

기절을 했는 지 축 늘어져있다.

검을 들더니 애니마의 목 앞에 가져다 댄다.

"이쯤해서 항복해라. 항복하지 않으면 이 아가씨의 목숨을 가져가지."

펜릴은 피식 웃었다.

"제국의 기사님치고 굉장히 치졸하시군."

니브아 후작이 말을 이었다.

"그런 것을 알았다면 이 정규선을 공격할 필요가 있겠나? 솔직히 죄도 없는 작자들인데."

아이움과 상관이 없는 이들이 모두 죽었다.

이미 기사도는 사라진 뒤의 모습이다.

"자, 어떤가? 항복하겠나? 이 아가씨는 자네와 친분이 있는 걸로 알고 있네만."

펜릴은 순순히 인정했다.

"있다마다. 사소한 인연 하나 때문에 잠시 일을 도와줬을 뿐. 그녀와 친분이 있는 건 사실이지만, 내 목숨을 걸 만큼 친한 사이는 아닙니다만."

"그런가?"

"예. 날개를 다쳐 땅으로 추락한 새를 도와줬다고, 내가 새가 될 수는 없죠."

아이움 소속의 누군가와 친분이 있다고 펜릴이 아이움이라고 단정할 수는 없다는 얘기다.

"뭐, 확인해 보면 알겠지."

니브아 후작이 애니마의 목을 향해 칼을 바짝 가져다 댄다.

목에서 피가 한 줄기 흐른다.

"자, 항복하게."

펜릴은 주변을 살짝 둘러 봤다.

어차피 애니마를 구한다는 건 불가능한 일이다.

그렇다고 펜릴이 애니마를 위해 목숨을 걸 수는 없다.

이미 이전에도 말하지 않았나?

목숨이 위험하다면 언제든지 자기는 애니마를 버릴 수 있다고.

애니마도 기억하고 있을 거다. 물론, 지금은 완전히 의식을 잃은 모양이지만.

펜릴은 마차테를 뽑았다.

흥미로운 듯 니브아 후작이 펜릴을 바라보았다.

펜릴은 마체테를 뒤로 푸욱 찔렀다.

재수 없게 뒤에 있던 초인의 이마에 구멍이 뚫렸다.

워낙 옹기종기 몰려 있던 탓에 뒤로 피할 수가 없었다. 아래로 피했다면 펜릴의 마체테는 그 뒤의 초인의 이마에 구멍을 뚫었을 거다.

"커헉!"

이마의 구멍에서 괴상한 액체가 흐른다.

그러면서 실 풀린 인형처럼 바닥에 축 늘어졌다.

인질극은 펜릴이 아니라 니브아 후작이 하고 있는데, 펜릴이 사람을 죽인다.

"말했잖습니까. 그녀를 죽든 말든 나는 상관 안한다고. 나에게 그녀는 인질로써 가치가 없는데요."

펜릴의 말 한마디에 초인들의 분위기가 바뀌었다.

당장이라도 달려들 것 처럼 행동을 취한다.

니브아 후작이 나타났다고 너무 그들이 긴장을 푼 까닭이다.

"과연……."

펜릴의 행동에 니브아 후작은 애니마를 망루 위에 내려 다놨다.

"사실 이 아가씨들을 죽일 생각은 없네. 대승적 차원에 서 말이야. 불사에 대한 정보를 전부 얻은 건 아니니까. 이 아가씨들은 그 정보를 얻을 수 있는 몇 안 되는 방법 중 하나니 잘 보살펴 드려야지."

"흠."

펜릴은 피식 웃었다.

속으로는 작게 안도의 한숨을 쉬었다. 사실 반반 이었 다.

티라는 살려두고 애니마는 충분히 죽일 수도 있었다.

하지만, 애니마가 죽었다 하더라도 그녀는 펜릴을 원망 할 순 없을 거다.

애초부터 인질로 잡힌 것 자체가 잘못이니까.

게다가 니브아 후작은 부하들을 사랑하는 지휘관은 절 대 아니다. 그랬다면 20명이나 반병신으로 만들었는데, 느긋이 지켜볼 위인일리가 없다. 그는 펜릴이 얼마나 강한 지 습관은 뭔지, 약점은 뭔지 파악하는 시간이 필요했다. 그래서 그걸 지켜보다가 충분히 파악했다고 생각했는지 나타난 거 뿐이다.

부하 하나 죽었다고 눈썹하나 꿈틀거리지 않는 걸 보면

그렇다.

"하지만, 자네는 용서할 수가 없네. 아이움이 아니라니까 더더욱."

펜릴을 이곳에서 살려두면 두고두고 일을 방해할 작자인 것을 아는 거다.

하지만, 펜릴도 마찬가지다.

여기서 제국과의 인연을 완전히 끊어 버려야 된다.

여기는 해상.

이곳처럼 좋은 곳도 없다.

"저야 좋습니다."

"안타깝지만 자네는 나를 이길 수 없네."

"왜요?"

"난 자네의 약점을 모두 알기 때문이지."

니브아 후작의 눈이 활활 불타올랐다.

그는 분명히 강한 게 맞다.

지금까지 만난 어떤 작자보다도 강하다.

펜릴도 그를 마주하니 식은땀이 흘렀다.

링커도 아닌데, 기사가 이렇게 강하다니.

분명, 불사의 존재가 되지 못한다면 링커는 성장할 수 있는 한계가 분명히 존재한다. 하지만 기사들은 아니다. 기사들의 강함은 끝이 없다. 계속 강해진다. 그냥 링커들이 어느 수준까지 강해지는 속도가 훨씬 빠른 것 뿐이다.

"앞으로 몇 분 후면 저 배는 완전히 가라앉을 걸세. 그 안에 나를 죽이지 못한다면 저 아가씨들은 익사하겠지."

"새로운 인질입니까?"

"뭐, 그렇다면 그렇지."

"저에게 인질은 그다지 중요하지 않다고 말씀 드렸을 텐데요."

"그거야 저 꼬마 아가씨만 그런 거고. 저 다른 아가씨 때문에 이곳에 찾아온 게 아닌가?"

"……."

펜릴은 입을 다물었다.

더 이상 말을 해봤자 저 노인에게 약점만 내주는 꼴이 될 것 같다. 대신 앞으로의 싸움에 집중하기 위해 그 노인을 노려 보았다.

니브아 후작이 너털 웃음을 흘렸다.

"허허~ 정곡을 찔렀나 보군. 자, 시간이 없네. 앞으로 몇 분간 날 죽이기 위해 날뛰어 보게!"

"안 그래도……."

펜릴은 무릎을 살짝 굽혔다.

그러고 마치 용수철 처럼 앞으로 무릎을 쭈욱 피면서 니브아 후작을 향해 도약을 했다.

'엄청난 속도.'

팬텀 라지아와 붉은 열매의 가속 때문에 펜릴은 굉장히

빠른 속도로 움직인다.

펜릴은 니브아 후작을 향해 주먹을 날렸다.

◆

-왼쪽, 그다음에 돌아서 발차기.

펜릴은 매끄럽게 움직였다.

기사를 상대할 때 펜릴이 행동해야할 것은 거리를 줘서는 안 된다는 거다. 펜릴이 익숙한 거리. 이길 수 있는 거리. 그 안으로 니브아 후작을 끌어 당겨야 한다.

니브아 후작은 뒤로 연신 빠지고 펜릴은 계속해서 앞으로 들어간다.

검이 맹렬하게 눈을 현혹시켰다.

빠르다.

어느 것이 허초인지 도통 구분이 가지 않는다.

하지만, 펜릴의 눈은 카두치.

펜릴은 그림자처럼 움직이는 검의 안으로 손을 불쑥 집어넣었다.

그러고 정확히 하나의 진실을 찾아냈다.

"큭!"

검을 쥐는 순간 펜릴의 입에서 쓴소리가 나왔다.

아프다.

피가 흐르는 것 같다.

신경도 쓰지 않는다.

펜릴은 더욱 안으로 들어가서 오른쪽 팔꿈치로 니브아 후작의 왼쪽 뺨을 후려 갈겼다.

퍼억!

니브아 후작의 중심이 무너진다.

펜릴은 발로 아래에서 위로 걷어 올렸다.

니브아 후작은 검을 포기하고 뒤로 빠졌다.

기사가 검을 포기한다.

'역시 별난 노친네로군.'

펜릴은 검을 뺏어 들고 의기양양한 표정으로 웃었다.

"이제 어쩔 겁니까?"

"어쩌긴."

니브아 후작이 손을 뻗는다. 그러자 펜릴의 손아귀에 있던 검이 순식간에 니브아 후작의 손으로 날아간다.

펜릴은 눈을 동그랗게 뜨고 쳐다봤다.

"나는 마술도 할 줄 아는 사람이라서."

정말 마술 같은 일이다.

펜릴은 자신의 왼손바닥을 쳐다봤다.

바닥이 쩍쩍 갈라졌다.

씨스톤의 팔이 검을 잡았다고 피를 흘린다.

니브아 후작은 펜릴의 타격을 얻어 맞고도 멀쩡해 보인다.

맞는 순간 마나로 몸을 감쌌다. 그래서 타격이 부드럽게 들어간 거다. 그만큼 충격이 완화가 되었다.

-저 노인네가 네놈의 약점을 틀어쥐었군.

펜릴은 씁쓸하게 웃었다.

-네 공격은 저만한 강자에게 살상력이 없다. 물리 데미지를 대부분 보호한다고 해도, 저 노인네의 공격에는 무용지물이다.

펜릴의 손에 흐르는 피가 그 증거다.

저 노인네는 아직 자신의 실력을 모두 드러내지 않았다.

마나의 강도도 더 강하게 할 수 있다.

그렇게만 한다면 펜릴의 팔 하나 자르는 건 문제도 아니다.

'뭐, 알았다고 해도 별 수가 없어.'

펜릴은 무기를 사용하지 않는다는 것.

그게 약점이다.

펜릴이 검이나 창을 들었다면 싸움은 몰랐을 거다. 하지만, 무기가 없는 이상 펜릴의 공격은 모두 니브아 후작의 마나에 모두 부드럽게 흡수될 거다.

마체테를 들 수는 있으나 어쭙잖은 실력으론 통하지도 않는다.

차라리 자신 있는 것으로 도전하는 게 낫다.

-이기기 위해서는 인간의 고질적인 약점을 파고 들어

야 한다.

'고질적인 약점?'

－멍청하긴. 애초부터 내가 가르쳐준 권술은 턱이나 뺨을 때리라고 익힌 게 아니다. 명치를 타격하거나, 심장, 혹은 내장을 파괴시켜라.

펜릴은 고개를 살짝 끄덕였다.

초인이 마나도 사용하지 않고 그저 잠들어 있는 상태에서 아무 행동도 취하지 않는다면 3살짜리 어린 아이도 칼만 가지고 초인을 죽일 수 있다.

심장이나 뇌가 파괴 당했는 데 살아 있을 수 없다.

펜릴은 인간이 가지고 있는 여러 가지 약점에 대해서 이미 알고 있다. 물론, 알고는 있지만 제대로 사용해본 기억은 많이 없다.

씨스톤의 권술을 단기간에 배웠기 때문이다.

10년, 20년씩 사용했으면 자연스러운 체화덕분에 펜릴은 그나마 나은 싸움을 할 수 있었을 거다.

펜릴은 씨스톤이 말한 대로 철저하게 약점만 파고들었다.

－상처 따위는 겁내지 마라. 치명상 한 번이면 네가 우위에 설 수 있다.

'겁내긴 누가 겁냈다는 거야!'

펜릴은 악바리 근성으로 달려 들었다.

이를 악물었다.

표정은 잘 보여주지 않았다.

펜릴과 니브아 후작이 치고 박고 싸웠다.

펜릴은 접근하기 위해서. 니브아 후작은 유리한 거리를 유지하기 위해서.

'정말, 어리다.'

얼굴로 보면 20대 후반 정도로 보인다.

링커니까 그것보다 실제 나이는 분명 더 젊을 거다.

니브아 후작은 펜릴과 싸우면서 여러 번 놀랐다.

'그런데, 강하다.'

어린데 강하다.

이 녀석이 내년에는? 2년 뒤에는? 10년 뒤에도 살아 있다면 10년 뒤에 얼마나 강해 질지 상상도 할 수 없다.

이 녀석은 분명 황제폐하의 앞길에 길을 막는다. 그렇기 때문에 이쯤에서 막아줘야 한다.

'이 녀석이 오늘 죽지 않는다면, 다음에 싸울 때 분명 약점을 보완하고 나타날 거다.'

정말, 정말로 불공평하다.

이 젊은 녀석은 한 두 번의 실패 따위는 두렵지 않다.

보완하고 고치면 다음에 또 도전할 수 있다.

성장한다는 게 뭔지 알고 있는 녀석이다.

니브아 후작은 더 이상 성장할 게 없다. 여기서 더 유지할 수는 있지만, 이게 끝이다.

이번에 놈이 죽지 않는다면 서랍이 텅텅 비어버린 니브아 후작을 가볍게 물리치고 위로 올라갈 거다. 그렇기 전에 여기서 끝내 버려야 한다.

니브아 후작은 마나를 더 불어 넣었다.

'여기서 끝내야 겠구나.'

펜릴은 더 격렬하게 빛나는 니브아 후작의 검을 보고 잠시 위축 되었다.

갑옷 같은 씨스톤의 팔이 조금씩 벗겨져 나간다.

콰앙! 콰앙!

펜릴의 얼굴 옆으로 살덩이가 날아갔다.

펜릴은 다리를 들어 올려 노인의 옆구리를 걷어찼다.

"크악!"

비명을 내지르는 펜릴.

허벅지에 칼이 파고들었다.

펜릴은 뒤로 뺐다.

니브아 후작은 입맛을 다셨다.

"이쯤에서 끝내야 겠구나."

"누구 마음대로 끝낸다는 거요?"

"물론, 내 마음대로다."

니브아 후작은 점점 더 자신의 힘을 과시하며 드러냈다.

펜릴은 등골이 절로 오싹해졌다.

"젠장."

펜릴의 표정이 살짝 변했다. 표정은 최대한 드러내지 않는 게 싸움에서 미덕이다. 펜릴이 표정이 변한 것은 그만큼 위중한 상태, 더 이상 표정을 감출 정도로 어찌어찌 할수 있는 상황이 아니라는 얘기다.

"포기하겠나? 자네는 알지 않은가. 다리에 부상을 입은 권술가는 타격에 힘을 얻지 못해."

맞는 얘기다.

타격이 강한 힘을 내려면 회전하는 힘이 필요하다. 허리의 회전, 그런데 그 회전의 뒷받침은 바로 하체다. 팬텀 라지아는 그냥 칼로는 찔리지도 않는다. 실체가 없기 때문에. 그런데 마나를 머금은 칼에는 정말 쥐약이다.

－왔다.

펜릴은 고개를 끄덕였다.

"포기 하면 살려주는 거요?"

"때에 따라서는."

펜릴이 피식 웃었다.

"그렇다면 끝까지 싸우렵니다."

"왜?"

"난 노친네들은 안 믿어서……."

"쯧! 멍청하긴."

니브아 후작의 검이 번쩍 빛난다. 그리고 허공을 향해

가볍게 휘둘렀다. 그러자 반달 모양의 마나가 방출 되어 펜릴을 향해 날아온다.

펜릴은 한쪽 다리로 뒤로 날랐다.

그러자 니브아 후작은 여러 발 발사했다. 펜릴이 착지하는 위치에 까지 뿌렸다.

"이크!"

펜릴은 다리 하나를 사용하지 못하기 때문에 도약의 거리가 굉장히 짧다. 붉은 열매의 에너지를 사용하여 필사적으로 피했다.

그리고 펜릴은 선미(배의 꼬리)부분에 다다러 난관을 박차고 뒤로 날랐다.

"아뿔싸."

인간은 허공에서는 움직일 방법이 없다. 특히나 하체가 다친 펜릴은 더더욱!

니브아 후작은 마나를 더 강하게 방출시켰다.

콰앙!

니브아 후작이 들고 있던 검이 버티지 못하고 깨졌다.

방출된 마나는 펜릴을 직격했다. 펜릴은 팔을 앞으로 내밀었다.

싹둑!

"큭!"

펜릴의 왼쪽팔이 깨끗하게 날아갔다.

목숨을 건진 것 치고는 팔 하나를 날린 건 값싼 가격이
었다.

하지만, 니브아 후작은 호락호락 하지 않았다.

다시 한 번 방출한 마나를 추락하는 펜릴에게 날렸다.

펜릴은 오른손을 내뻗었다.

"끄아아아악!"

비명을 내질렀다.

어깻죽지부터 허리까지 몸의 절반을 잘라 버렸다. 당장
이라도 내장이 튀어 나올 것 같았다.

첨벙!

펜릴은 그대로 바다로 추락했다.

키아아아악!

갑자기, 바다가 울기 시작했다.

♦

크라켄은 인간을 좋아한다.

크라켄의 활동 반경은 결국 '바다' 이다. 바깥에서 활동
할 수 있는 시간은 그리 길지 못하다. 최고의 생물, 최강의
생물이지만 결국 바다에서만 활동할 수 있다는 제약이 걸
려 있다.

바다에서만 생활하던 크라켄에게 육지의 생물, 인간은

새로운 세계였다.

처음 맛 보는 육지동물. 처음 보는 육지동물.

크라켄은 슬금슬금 바다로 기어 나오는 인간들을 공격했다.

물론, 모든 크라켄들이 그러는 건 아니다. 크라켄 중에서도 인간을 좋아하는 크라켄들은 그랬다.

바다에 크라켄의 분포는 생각보다 많다. 인간을 맛본 크라켄들도 많다.

크라켄들은 자신의 영역에 인간들이 들어오는 걸 반기는 녀석들도 있다.

'더, 더 많이……'

인간들에게서는 기묘한 냄새가 난다.

한 두 마리, 열 마리 정도에서는 냄새를 심해에서 맡을 수 없다. 하지만 그 숫자가 수 십 명이 되고 그런 숫자가 바다에 내려 오면 크라켄은 맡을 수밖에 없다.

특히 피 냄새를 맡으면 예민해진다.

크라켄은 오랜만에 맡는 인간들의 냄새에 심해에서 잠을 깨고 올라갔다.

그리고 크라켄은 주변을 맴돌았다.

인간들의 숫자, 인간들의 힘.

어느 크라켄은 인간들에게 잡힌 놈들도 있다더라.

크라켄은 어느때 보다도 신중하게 움직였다.

그리고 움직일 때라고 생각 되자 곧바로 행동에 옮겼다.

키아아아아!

♦

니브아 후작은 무언가 있다고는 느꼈다.

"허, 하필이면 이때……."

망루에 누워있는 애니마와 티라를 양손으로 쥔 니브아 후작은 다시 내려놨다.

크라켄은 제국인들이 타고 온 배에 달라붙었다.

그리고 빨판이 달린 다리를 갑판 위로 올렸다.

보통 때라면 인간들은 당황하고 흩어질 거다. 비명을 지르면서.

그런데 이상하게 비명소리는 없다.

니브아 후작은 곧바로 외쳤다.

"크라켄이다. 당황하지 말고 놈의 다리를 자르고, 머리를 박살내라."

100여명이나 되는 초인들이 고개를 끄덕였다. 그들은 칼을 들어 올리고 마나를 불어 넣어 질긴 크라켄의 다리에 상처를 줬다.

키아아아아악!

재수가 없어도 단단히 없다.

그냥 인간들도, 기사도 아닌 초인들. 그것도 100명이나 되는 초인들이다.

그들은 각자 광부라도 된 것 마냥 위에서 아래로 사정없이 내리쳤다.

크라켄의 다리가 아무리 질기고 강하다 하더라도 마나를 머금은 칼을 버틸 수는 없는 듯 비명을 내질렀다.

이런 고통을 겪은 적이 있을까.

하지만, 크라켄은 더욱 강하게 배를 움켜잡았다.

크라켄도 안다. 인간들이 바다에 약하다는 걸.

일단 바다에 빠지면 놈들이 죽는 걸 느긋하게 기다리면 된다.

상처를 입은 건 언제든지 바다에서 치유를 할 수가 있다.

"안되겠다."

니브아 후작은 갑판 위로 올라온 크라켄의 다리 보다는 머리를 파괴하기 위해 접근했다.

"대, 대장님 안됩니다!"

그때 초인 한명이 니브아 후작을 불렀다.

"크라켄을 현재 죽이면 배와 함께 수장 될 수 있습니다."

머리를 내리치려는 순간, 니브아 후작은 칼을 멈췄다.

크라켄의 다리는 모두 빨판으로 강력하게 갑판과 배의

옆면에 달라붙어 있다.

여기서 크라켄을 죽여 버린다면, 크라켄의 몸은 잠시 후 바다 저 깊은 곳으로 점점 내려갈 거다. 죽었다고 다리의 흡착력이 줄어드는 게 아니다.

재수 없으면 괜히 크라켄과 함께 배가 수몰되어 그대로 죽을 수도 있다.

일단 가장 좋은 방법은 다리를 잘라낸 뒤, 배에서 떨어뜨리고 크라켄을 죽이는 게 났다.

키아아아아!

그때, 크라켄이 갑자기 구슬프게 울기 시작했다.

그러더니 녀석의 눈동자에서 생기가 사라졌다.

◆

"어? 어?"

초인들의 입에서 처음으로 당황하는 기색이 터져 나왔다.

크라켄의 다리는 무려 20개가 넘는다. 5명씩 달라붙어도, 다리를 떼어 내는 게 쉬운 작업이 아니다. 괜히 크라켄이 바다의 최고 생물이 아니다.

그런데 녀석의 눈에서 생기가 사라지더니 크라켄이 잠시 바다 위에 떠 있는 느낌이었다.

어찌 된 영문인지는 모르겠지만 크라켄은 더 이상 움직이지 않았다. 그러자 곳곳에서 다급한 외침이 들려왔다.

"노, 놈을 떼어내라!"

초인들이 외치고 필사적으로 다리를 향해 검을 날렸다.

니브아 후작도 제일 가까운 다리로 달려가 한 순간에 베어 버렸다.

그 모습을 초인들이 경이로운 눈빛으로 바라보았다.

'가능성이 있다. 역시 니브아 후작님!'

어찌된 영문인지 크라켄이 움직이지 않는다.

죽었는 지, 기절했는 지 생사여부는 파악도 할 수가 없다.

초인들은 제각기 자신이 맡은 다리를 떼어내기 위해 갖은 고생을 다했다.

갑판 위로 올라온 것만 잘라내는 건 무리가 아니다. 배의 옆면을 파고 든 것들이 문제다.

선수부터 선미까지 배 하나를 통째로 붙잡고 있는 크라켄의 모습은 괴이했다.

갑판에 있는 다리들이 워낙 무겁기 때문에 잘라내는 것에서 끝내는 것이 아니다. 그것을 또 바다에 버려야 한다. 무게 때문에 계속 갑판은 버티지 못하고 여기저기 부서져 나간다.

갑판에 있는 것들을 다 떼어 내면 워낙 긴 다리 때문에,

배의 옆에 붙은 다리들이 문제다. 그건 갑판처럼 손쉽게 떼어낼 수가 없다. 초인들이 검이 닿지 않는 부분이 많았다.

"배를 지켜야 한다! 일단 뛰어 내려라! 갑옷 따위는 모두 벗어 던져라. 크라켄을 배로 부터 멀리 떨어뜨리는 것이 중요하다!"

그 말 한 마디에 초인들이 풍덩! 하는 소리와 함께 바다로 뛰어 내렸다.

기사들의 명령체계는 확실히 대단했다.

배는 계속해서 가라 앉았다.

"제기랄, 이게 대체 뭔 꼴이야."

툴툴 거리는 한 제국의 초인.

동료들이 죽은 건 슬픈 일이지만, 사실 워낙 황제의 호위 기사들 중에 초인이 많다보니 얼굴도 제각기 기억 나는 자들은 많이 없다. 그냥 친한 사람들끼리만 몰려 다니기 때문이다. 이번에 죽은 자들이 제법 있다. 아는 얼굴들도 있다. 하지만, 그렇게 친한 사이들까지는 아니다.

일을 빨리 마무리하고 제국으로 돌아가고 싶은 마음뿐이다.

재수 없게 바닷물에 흠뻑 젖어서 괜히 열만 뻗친다.

그런 그는 갑자기 뒤에서 이상한 느낌을 받았다.

고개를 뒤로 돌리자 무언가가 확 올라와 그를 덮쳤다.

"읍!"

그건 곧바로 그의 입을 틀어 막고 다리로 몸통을 강하게
조였다.

"으으읍!"

콰득!

그리고 옆으로 목뼈를 완전히 부러뜨린다.

얼마 지나지 않아 그는 바다 저 아래로 사라졌다.

바다에 빠진 초인들에게 어김없이 다가가 목뼈를 부러
뜨린다.

단 한 순간이다.

당장 안 죽을지 몰라도 목뼈가 부러지면 아무 것도 못한
다.

그냥 바다 저 아래로 침몰뿐이다.

인간인 이상 익사로 죽을 수밖에 없다.

그렇게 몇 몇이 죽고 나니 초인들은 이상한 느낌을 받을
수밖에 없었다.

처음에 100명이었던 사람들이 90명, 80명 점점 줄어들
기 때문이다.

많을 때 한두 명을 모르겠지만 그게 열 명이 되고 스무
명이 되면 알아차릴 수 밖에 없었다.

그때, 그가 실수를 했는 지 결국 얼굴이 노출이 되었
다.

"노, 놈이 살아 있다!"

초인은 그 말을 하고 목뼈가 곧바로 부러졌다.

"이런⋯⋯."

그는 곧바로 바다 아래로 숨어버렸다.

◆

"하아, 하아."

펜릴은 거친 숨을 몰아쉬었다.

얼굴은 인상을 썼다.

그는 자신의 양쪽 팔을 흘겨 보았다.

제국의 초인들이 링커들과의 싸움에 취약하다는 것이 여기서 드러난다. 오르도 자작이었으면 펜릴의 시체를 찾기 전까지 결코 안심하지 못했을 거다.

펜릴은 분명 죽은 게 아니었다. 이래라 저래라 목숨은 붙어 있었다. 그런데 그게 바다에 들어가니 상황이 달라졌다. 절단면이 워낙 깨끗해서 찾아서 붙이는 것도 쉬웠다.

씨스톤의 바다 회복력.

굉장히 고통스럽기는 하지만, 정말 괴이할 정도의 엄청난 회복력을 보여 준다. 오히려 이전에 있었던 모든 통증까지 모두 사라졌다.

펜릴은 사실 일부러 바다에 빠졌다.

씨스톤 때문에 바다 아래에 크라켄이 올라오고 있는 걸 봤기 때문이다.

펜릴로써는 현재 크라켄과 제국의 초인, 그리고 티라와 애니마까지 모든 걸 해결할 방법이 없었다.

그래서 골똘히 머리를 굴린 것이 펜릴의 적과 적이 서로 싸우게 만드는 거다.

물론 그 적들이라 함은 크라켄, 그리고 제국의 초인들이 겠지만.

예상대로 크라켄은 제국의 초인들, 배 위에 있는 사람들에게 관심을 가졌다. 크라켄과 제국의 초인들이 싸움을 시작하자 펜릴은 마체테를 뽑아 들고 크라켄의 내부로 침투했다. 워낙 몸이 거대하기 때문에 어디를 찔러도 몸 안으로 들어가는 건 어렵지 않다.

그리고 헤집고 헤집어서 펜릴은 크라켄의 쓸개가 있는 곳 까지 갔다.

'드디어……'

정말 있기 거북한 곳이다. 매캐한 냄새까지 난다.

하지만, 이곳은 물이 들어오지 않는다.

펜릴은 바깥에 있는 망령을 통해 배 위의 상황을 모두 면밀히 볼 수 있었다.

그리고 어느 시점이 됐다 싶으니 곧바로 쓸개를 떼어 내고 크라켄의 심장으로 보이는 곳을 단숨에 파괴시켜버렸다. 이미 내부에 들어온 이상 심장을 파괴하는 건 일도 아니었다.

크라켄이 제국의 초인들과 싸우고 있지 않았다면 이렇게 쉽게 해결될 일은 아니었다.

행운이라고 밖에 말할 수 없었다.

쓸개를 얻은 펜릴은 곧바로 클리드가 조사했던 대로 쓸개를 조각조각 칼로 잘라냈다.

4조각이다.

각각 눈과 팔, 다리, 날개를 위해서다.

그 잘라낸 부위를 각각 각인이 있는 위치에 올려 두자 마치 한 여름날에 얼음처럼 한 순간에 녹아 버렸다.

그 순간 펜릴은 기묘한 느낌이 들었다.

아무나 구할 수 없다는 크라켄의 쓸개.

그 효능을 아는 자는 극히 일부.

링커가 가지고 있는 모든 잠식을 지워버린다.

펜릴은 항상 몸 전체가 손톱자국이었다. 잠식이 올라오고 있는 자리를 항상 긁었기 때문이다.

이제 잠식으로 부터 해방이다.

링커가 처음 됐을 때, 주술의 악마와 맺었던 패널티(수명의 절반)를 제외하고는 펜릴은 이제 자아가 파괴 되어서 죽을 일은 없어졌다.

붉은 열매의 에너지 때문에 이미 펜릴은 마나와 같은 효능을 누리고 있다. 관리만 잘한다면 기사들만큼은 아니더라도 일반 사람들만큼은 살 수 있을 거다.

그 뒤에 펜릴은 다시 크라켄으로 부터 벗어나 바다에 떨어진 초인들을 하나 하나 죽였다.

목을 꺾은 이유는 그게 소리도 나지 않기 때문이다. 그리고 마체테로 공격을 했다가는 주변 바다가 모두 피로 번졌을 거다.

펜릴은 발각되자 크라켄의 몸 안에 다시 들어갔다가 나왔다.

그리고 기사들을 공격하기 시작했다.

이를 보고 있던 니브아 후작은 몸을 부들부들 떨었다.

"대체 어떻게……."

"그게 궁금합니까? 배 지금 가라 앉을 것 같은데."

여전히 크라켄은 배에 달라붙어 배를 심해로 끌어 들이고 있었다.

"네놈은? 네놈은 안전할 것 같으냐! 배가 가라 앉는다면 네놈도 끝이다."

펜릴은 피식 웃었다.

그 말을 전혀 동의하지 않는 듯 바다 위로 기어 나왔다. 물론 펜릴의 등 뒤에는 날개가 폈다.

펜릴은 배 위로 올라가 내려놨던 복합궁을 꺼내 들었다.

날개를 피는 순간 활은 굉장히 불편하기 때문에 배 위에 올라탔을 때 이미 한 쪽에 던져 놨다.

그게 지금 빛을 발한다.

펜릴은 활을 들고 수면 위로 올라온 기사들을 저격하여 시위를 당겼다.

"커억!"

바다다.

인간들은 아무리 빨라도 빠르게 움직일 수 없다.

카두치의 눈을 활성화 시킨 펜릴의 화살은 표적을 벗어나지 않는다.

"비, 빌어먹을!"

기사들은 재빨리 퍼졌다.

"머, 멍청한 것들! 네들이 벗어나면 배는 가라 앉는다. 어떻게든 배를 사수시켜라."

니브아 후작이 당황한 채로 외쳤다.

기사들은 그 말을 듣고 다시 배 쪽으로 다가왔다.

물론, 그럴수록 펜릴은 더 편했다.

상대가 펜릴을 공격하지 않는다는 것을 알고 있기 때문이다.

니브아 후작은 작정하고 검에 마나를 모아서 펜릴을 향해 방출 시켰다.

펜릴은 요리 조리 날개를 펴고 피해 다녔다.

그러면서도 활을 사용하는 것을 잊지 않았다.

한 발을 사용하면 한 명이 죽는다.

물론, 많은 인원이 있었기 때문에 화살통에 있는 화살만으로는 무리가 있다. 펜릴은 바로 그때 망령을 이용했다. 망령은 창으로도 변신하고 여러 모양으로 변신도 할 수 있다. 펜릴은 화살 모양으로 바꾸고 초인들을 다시 노렸다.

"끄아아악!"

화살로 변한 망령은 본분을 잊지 않고 초인들을 공격했다.

바다에 빠진 초인들은 할 수 있는 게 없었다. 배 위로 기어 올라온 초인은 결국 할 수 있는 거라고는 배가 가라 앉는 걸 지켜보는 것 말고는 없었다.

"아아아……."

초인들은 절망에 빠진 표정으로 바람 빠지는 소리를 냈다.

더 이상 배는 구할 수 없을 정도로 침몰을 하고 있었다.

"마, 말도 안돼."

니브아 후작도 빨빨 거리게 움직였지만, 결국 배의 침몰을 막을 수는 없었다.

펜릴은 유유자적 하늘을 날아다니며 살아 있는 이들을 모조리 죽였다.

초인들의 숫자가 눈에 띠게 줄었다.

몇몇 초인들은 아직 침몰하지 않은 정규 여객선을 보고 수영을 했다.

그나마 그곳이 이 바다에서 땅을 밟을 수 있는 유일한 곳이었다.

마치 분이라도 풀겠다는 듯 모두 맹렬히 망루가 있는 쪽으로 달려갔다. 망루는 가장 높다. 그곳이 가장 오래 밟을 수 있는 곳이다. 이미 몇몇은 부서진 갑판이 나무이기 때문에 그 위에 올라탄 자들도 있었다.

물론, 이곳은 연안도 아니고 외해다. 파도가 강하기 때문에 이리 쏠리고 저리 쏠려 다녔다.

그런데 망루쪽으로 다가가는 초인들이 워낙 많기 때문에 펜릴의 화살로는 무리가 있었다.

바로 그때, 바다에 전격이 흘렀다.

번쩍!

"으아아아악!"

초인들이 비명을 내질렀다.

바다와 전격은 아주 궁합이 잘 맞다.

그때 누군가가 망루 위에서 모습을 드러냈다.

기절했었던 애니마가 일어난 거다.

애니마는 니브아 후작을 보고 말했다.

"얕보지 말라고 했지. 난 제법 쎄다고!"

"이익!"

초인의 초인에 이른 그리고 해도 아무리 항마력이 강한 그리고 해도 바다에 빠진 생쥐.

전격 마법으로 부터 안전할 수는 없다.

"끄아아악!"

초인들은 비명을 내질렀다. 즉사는 어려워도 엄청난 타격을 주는 건 분명했다.

몇몇 이들은 거품을 물었다.

정신이 깨어날 때 쯤이면 이미 이 세상과는 거리가 먼 곳일 거다.

머리가 좋은 이들은 나무 위에 올라탔다.

애니마가 있는 곳이 망루다. 망루는 나무로 만들어졌다. 참고로 말하면 나무는 전기가 통하지 않는다. 그런데 그것 모두가 허사였다. 이미 흠뻑 젖은 상태에서, 나무도 흠뻑 젖은 상태에서 전류가 그에게 까지 가지 않는다는 건 무리.

게다가 그런 작자들은 펜릴의 화살을 피할 수가 없다.

피한다고 해도 그가 타고 있던 나무를 화살이 꿰뚫어 버리면 더 이상 서있을 만한 곳은 없다.

애니마는 전격의 양과 질을 높였다. 그녀는 가지고 있는 모든 마나를 퍼부었다. 캐스팅 시간이 길어졌다. 하지만 그걸 막을 방법이 없었다.

간단한, 볼트 마법이 아니다. 이 주변을 모두 전격화 시키는 라이트닝 에어리어(Lightning area). 거기에 체인 라이트닝 까지 걸었다.

피부가 화상을 입었다. 내장은 모두 타버렸을 거다.

간신히 벗어난 니브아 후작에게는 무자비한 펜릴의 망령 화살이 날아갔다.

펜릴은 친히 그쪽까지 날아갔다.

"마지막으로 하고 싶은 말은 있습니까?"

니브아 후작을 바라보니 펜릴에게 씨스톤의 팔을 안겨준 클리드가 떠올랐다.

클리드는 마지막을 즐기는 사람 같았다. 자연의 바람과 현실을 천천히 받아 들였다.

그의 대답은 멋졌고 여유로웠다.

물론, 니브아 후작의 대답은 달랐다.

"나, 날 살려다오. 살려만 준다면 황제 폐하를 설득하여 네가 불사의 존재가 되는 것을 적극 협조하겠다."

펜릴은 피식 웃었다.

그리고 마체테를 들어 올렸다.

대답은 다르지만, 결과는 같았다.

파각!

펜릴의 마체테가 무자비하게 그의 목을 파고 들었다. 목이 허공을 날았다.

제국의 손꼽히는 기사가 바다에서 비참한 최후를 맞이했다.

펜릴은 애니마가 있는 곳을 바라보았다.

애니마는 엄지손가락만 척 내밀었다.

◆

펜릴은 망루에서 티라와 애니마를 한쪽 씩 안고 날아 올랐다.

한 명도 아니고 두 명이나 안고 있자니 팔이 저렸다.

게다가 1, 20분도 아니고 몇 시간이나 되는 거리를 날 생각을 하니 펜릴의 표정이 급격히 어두워졌다.

잘못 하다 떨어뜨리기라도 하면 난리라도 날 것 같았다.

'이제 라트라여왕의 심장만 얻으면 된다.'

마지막 하나.

단숨에 해결할 생각이었다.

일단, 정보부터 긁어모아야 겠지만.

예상 되는 위치는 몇 군데 있다.

일단 그곳부터 뒤져볼 생각이다.

"어?"

펜릴은 고개를 밑으로 내렸다.

배 한 척이 빠르게 지나가는 것이 보인다.

물론, 그 배에는 누가 타고 있는 지 알 수가 없다. 하지만 얼마 지나지 않으면 방금까지 크라켄과 초인들이 죽은 곳에 다다를 거다.

　태워달라 할까 고민하다가 괜히 놀라기라도 할 것 같아서 펜릴은 생각에서 지워버렸다. 어차피 방향도 다르다.

　펜릴은 고개를 들어서 지는 석양을 바라보았다.

　'끝나면 돌아가자. 숲으로.'

　펜릴은 바람을 느꼈다.

　기분 좋은 바람이 귀를 스쳐 지나갔다.

　머리카락이 앞을 가렸다.

　품에 안긴 티라는 그런 펜릴의 모습을 바라보았다.

monster link
몬스터 링크

에필로그

NEO FANTASY STORY

에필로그
monster link

"도와줘, 아니 도와줄게."

티라와 펜릴, 애니마가 모닥불을 사이에 두고 두런두런 앉아 있다. 모닥불 위에는 펜릴이 잡아 온 사슴이 익어 간다.

펜릴과 티라는 맞은편에 앉고 각각 불 위에 사슴을 골고루 익히기 위해 꽂아 놓은 나무 가지를 뱅뱅 돌렸다.

펜릴은 고개를 갸웃했다.

"뭘 도와 줘?"

"멍청아 너. 널 도와준다고. 이제 내가 아이움으로 보여? 아이움은 끝이 났어. 그간 구한 정보를 모두 내 줄게. 다른 사람들 보다 네가 불사의 존재가 되는 게 나아."

라크가 죽었음에도 불구하고 계속 아이움이 명맥을 유지했던 것. 그건 제국이나 캔슬러, 혹은 다른 일행들이 불사의 존재가 되고 그 힘을 원천으로 괜한 세상에 혼란이 오는 게 아닌 가 싶어서다.

펜릴은 피식 웃었다.

이게 무슨 심보람.

자기들은 되고 남들은 안 된다니.

결국 아이움도 라크를 불사의 존재로 만들기 위한 존재였다.

"그런 표정 지을 줄 알았어. 아빠는 달라. 아빠가 돼야만 하는 이유가 있었다고."

"그게 뭔데?"

"북방의 이민족들의 왕이 되고, 더 이상의 제국과의 무분별한 전쟁을 막기 위해서. 대륙에 존재하는 모든 링커들을 규합하기 위해서."

뭔가 허무맹랑한 이야기처럼 들려온다.

"웃기지? 하지만, 사실이야. 단순히 죽지 않기 위해서만은 아니었어. 고작 그런 이유들이었다면 잭을 비롯한 많은 링커들이 아빠를 따랐을 이유가 없지. 현재의 링커들에게는 뚜렷한 목표나 어딘가 속하는 그룹 자체가 없어. 제국에서도 북방의 이민족들 조차도 외부인들이 링커가 됐다고 한 민족으로 보는 건 절대 아니니까. 그런 존재들의 리더가 필요했을 뿐이라고. 또, 무분별한 전쟁을 벌인 제국이 넘보지 못할 세력을 구축하고. 아이움이라는 존재가 된다면 적어도 북방의 이민족들을 끌어 들이는 건 어렵지도 않은 일이고."

펜릴은 애니마를 쳐다보았다.

"사실이에요. 저도 그런 얘기를 듣고 제국에서 나온 거니까요."

애니마는 어린 나이에도 엄청난 마법사다.

그런 마법사가 작은 단체에 마법사 노릇이나 하고 있는 건 아깝다. 제국도 그녀 한 명을 키워내기 위해서 엄청난 돈을 사용했을 거다.

"물론, 널 믿는 건 아냐. 그러니 조건이야. 라트라 여왕의 위치를 말해주고 잡는 걸 도와주는 대신 아빠가 해주었던 걸 네가 해줬으면 해."

펜릴은 피식 웃었다.

"내가 왜? 난 라트라 여왕만 잡으면 되는 데."

"네가 생각하는 것 보다 라트라여왕은 쉽게 접할 수가 없어. 그래서 도와준다는 거야. 적어도 네가 알고 있는 정보 보다는 많이 알고 있으니까."

"……."

그럴 수도 있다.

아니, 그럴 거다.

펜릴은 단편적인 정보나 자신만의 생각으로 라트라 여왕을 잡으려 한다. 그걸로는 물론 어림도 없지만. 그것 밖에 현재 매달릴 방법이 없었다.

그런데 제법 많은 정보를 가졌을 거라고 생각한 티라가 조건을 내건다.

―계집이 부탁을 하는 데 도와줘라. 저년이 저렇게 나오길 너도 은근히 기다렸던 거 아니냐?

'시끄러.'

―부끄러워하긴.

'쟤한테 빚을 지면 갚는 게 쉬운 줄 알아? 게다가 이것 저것 부탁하면 분명히 여행이 길어질 거라고.'

―나도 도와주겠다.

펜릴은 인상을 찡그렸다.

'내가 불사의 존재가 되면 떼어달라며.'

―또 생각이 바뀌었다. 너와의 여행이 즐겁다.

펜릴은 피식 웃었다.

다양한 펜릴의 표정 변화에 티라나 애미나가 잠시 고개를 갸웃했다.

펜릴은 헛기침을 했다.

"어흠! 대신 조건이 있어."

"조건? 너 많이 컸다. 조건도 내걸고. 그 전에, 잠깐! 나도 하나 더! 우리 아빠를 죽인 건 게레로야. 캔슬러의 수장. 그 녀석도 반드시 저지해야 돼. 우리가 불사의 존재가 되는 걸 방해할 작자고, 라트라 여왕의 정보는 우리 보다도 많이 알거야. 명색에 라트라 사냥꾼이니까."

펜릴이 눈썹 하나를 말았다.

의심스러운 눈빛으로 티라를 바라보는 거다.

티라는 말을 이었다.

"그러지 말고 도와줘. 응? 우리 친구잖아. 괜히 복수 때문에 그러는 건 아니야. 물론, 전혀 아니라고 할 수도 없지만. 그는 아이움과 우리 아빠를 죽인 녀석이야."

펜릴은 애니마를 바라보았다.

"저도 언니랑 펜릴을 도울 생각이에요."

애니마가 티라에 팔짱을 끼고 어깨에 얼굴을 기댔다.

"좋아! 들어 주지. 애니마의 얼굴을 봐서라도. 어차피 캔슬러와는 부딪힐 수밖에 없는 것 같고."

티라는 만족한 표정으로 고개를 끄덕였다.

"좋아. 이걸로 빚 하나 난 너한테 진 거야."

펜릴은 호탕하게 웃었다.

"하하하하!"

갑자기 웃는 펜릴을 보며 티라와 애니마의 표정이 또 다시 이상해졌다.

"뭐야? 뭐?"

펜릴은 신경도 쓰지 않고 잠시 눈을 감았다.

'빚이라……'

외로웠다.

지독히도 외로웠다.

세상에 정말 나라는 존재 하나만 남아 있는 것 같았다.

펜릴은 그래서 이것저것 핑계를 대고 세상으로 나왔다.

힘겹기도, 죽을 것 같기도 했지만 끝까지 살아 남았다.

모든 것이 끝난 것은 아니다.

이제 부터 시작인 것 같기도 하다.

하지만 너무나도 즐겁다. 혼자 있는 게 아닌 씨스톤, 애니마, 티라까지.

부모님의 얼굴은 생각도 나지 않는다.

하지만, 이제는 그들의 얼굴을 억지로 기억하려 하지 않아도 될 것 같다.

'보입니까? 영감님?'

부모님이 죽고 펜릴을 거둬 키운 영감부터 해서.

'잘 지냅니까? 던컨, 한스, 벨, 켈런?'

칼루스로 가는 동안 만났던 던컨 용병단.

붉은 열매를 얻고 티라와 라크의 정보를 얻기 위해 인연을 맺은 클리드.

그에게 멋진 마지막을 보여주었다.

그리고 씨스톤의 팔을 내줬다.

그의 딸 에이미에게는 씻을 수 없는 미안함까지 있다.

클리드가 아녔다면 펜릴은 결코 여기까지 오지 못했을 거다.

마지막으로 멜프레 영감!

'일단, 멜프레 영감을 만나는 게 좋겠지.'

펜릴을 도와준 상인.

펜릴은 멜프레의 얼굴을 떠올리자 다음 행선지를 바로 정했다.

"야!"

그때, 귀청이 떨어질 것 같은 목소리로 티라가 펜릴을 불렀다.

펜릴은 감상에서 깨어나서 턱을 괸 상태로 물었다.

"왜?"

"아까 조건이 있다며. 다 좋은데, 그 조건이 뭐야."

"응?"

펜릴은 턱을 괴었던 손을 풀었다.

애니마도 궁금한 듯 귀를 쫑긋 세웠다.

"내가 들어주지 못하는 거면 난 못해."

티라의 말에 펜릴이 고개를 내저었다.

"아니, 정말 별거 아냐."

"뭔데?"

펜릴은 손가락으로 숲 한 가운데를 가리켰다.

"저쪽으로 가면 어디가 나오는 줄 알아?"

"어딘데?"

"제국의 남부야. 그곳에 가면 우리가 살았던 예전 통나무집이 있지."

통나무집 얘기를 하자 티라의 눈이 파르르 떨렸다.

펜릴은 마치 장황한 꿈을 얘기 하듯 입을 열었다.

"여행이 끝난다면."

"응."

"돌아가자, 그곳으로."

〈몬스터 링크 완결〉